阅美文

病盆景

自然伦理与文学情怀

杨文丰 著

西苑出版社
XIYUAN PUBLISHING HOUSE

图书在版编目（CIP）数据
病盆景 / 杨文丰著. — 北京 ： 西苑出版社，2017. 12
ISBN 978-7-5151-0656-4
Ⅰ. ①病… Ⅱ. ①杨… Ⅲ. ①散文集—中国—当代 Ⅳ. ①I267

中国版本图书馆 CIP 数据核字（2017）第 316990 号

病盆景
BING PEN JING

出 品 人 赵 晖
责任编辑 康志刚 曹亚楠
责任印制 陈爱华
责任校对 刘 娟
书装设计 徐慧芳
出版发行 西苑出版社 XIYUAN PUBLISHING HOUSE
通讯地址 北京市朝阳区和平街 11 区 37 号楼 邮政编码：100013
电　　话 010－88636419 传真：010－84281520
E－mail：xiyuanpub@163. com
印　　刷 固安县京平诚乾印刷有限公司
经　　销 全国新华书店
开　　本 880×1230 毫米 1/32
字　　数 187 千字
印　　张 8
版　　次 2017 年 12 月第 1 版
印　　次 2017 年 12 月第 1 次印刷
书　　号 ISBN 978-7-5151-0656-4
定　　价 47. 80 元

（凡西苑版图书如有缺漏页、残破等质量问题，本社邮购部负责调换）

内容简介

本书是当代文坛风格独树一帜的自然伦理散文集，也可称为生态散文集、科学散文集或自然笔记。

本书引入自然生态、科学思维启智审美视角，艺术感悟与个性感觉珠联，启美抒写和启智思辨融汇，将自然现象同人类生命智慧与社会实践结合，立足人与自然关系的核心问题，敏锐观察，思考抒写，凸显出鲜明的自然美、科学美和哲理美风格，创造出崭新的知境和语境，富有生态时代特征。

本书张扬道义承担，呼唤科学伦理，体现出一位有良知和使命并拥有农业气象学专业渊源的作家对生态失衡的忧患、追问及批判的勇气，对生态伦理的文学探寻以及对散文创新文体的建构。

收入本书的篇什，曾获冰心散文奖、林语堂散文奖、老舍散文奖、在场主义散文奖、《散文选刊》年度“华文最佳散文奖”、《散文·海外版》华文散文大赛优秀奖、中国徐霞客游记文学奖、广东省散文奖、美国《世界华人周刊》“华文成就奖”，以及获中宣部、中国作协、中国科普作协等部委联办的“第五届全国优秀科普作品奖”等奖项。

书中许多散文相继被选进上海高中《语文》、全国职中《语文》《大学语文》等十余种大学、中学教科书，被选入《新文学百年散文选粹》《中国最美的哲理散文》《散文选刊》“杨文丰散文特辑”、《散文·海外版》《新世纪散文随笔精品文库（思想卷）》《21世纪中国最佳散文》和中国作协创研部选编的国内权威散文选本，并被选作各类语文试卷和被香港教育统筹局选入香港中学校中国语文网络课堂。

本书既可作生态时代的散文随笔读本，也可作人文读物，尤其适合大学、中学校师生、文学研究工作者和科研工作者阅读。

作者简介

杨文丰，男，广东梅州客家人。农业气象学专业学士。中文二级教授。当代有影响的散文家，一级作家，中国作家协会会员。南粤优秀教师。

作者倡行“形神和谐，启智启美”的散文观，创新性地将自然生态、科学思维启智审美视角引入散文创作，散文以鲜明的自然美、科学美和哲理美风格，在文坛独树一帜。

其多篇散文相继被选入上海高中《语文》、全国中职学校《语文》和《大学语文》等全国十余种教材。曾获冰心散文奖、老舍散文奖、在场主义散文奖、林语堂散文奖、浩然文学奖、丝路散文奖、全国优秀科普作品奖和《散文选刊》年度“华文最佳散文奖”等奖项。

目　录

第一辑

第二辑

第三辑

第一辑

病盆景

自然是人类心智的比喻。

——爱默生：《自然沉思录》

1

我知道你害怕直面盆景，尽管你本有深深的盆景情结。你在盆景问题上，至今还病着，陷入欲罢不能的悖谬，然而今天，你仍得走近盆景。

眼前这名曰“滴水不露”的黄杨树桩盆景正在接近你：那些云片，圆似盖，一朵朵呈俯视态，叶绿绿而疏密有致，枝丫丫却扭曲蛇盘。另一柏树桩“步步青云”，长长桩干自盆沿悬垂弯曲而下，似庐山几近干涸的瘦瀑布，枝叶溜溜成团，越往下叶团儿越小。

如此的盆景有野趣可言吗？你很矛盾。这些盆景果真是苍劲雄浑、洒脱飘逸、潇洒扶疏、野趣豪放、野味天然和咫尺千里吗？果真是“无声的诗，立体的画”吗？

如此的盆景难道不已几成美学的难题和病社会的缩影

了吗？

清代文学家龚自珍在《病梅馆记》里说：“梅以曲为美，直则无姿；以欹为美，正则无景；以疏为美，密则无态。”——你认为盆景即便美，也是畸形美，是病盆景，犹同黛玉的病态美。所有自然物本来都是平等的，都有存在的理由，都不愿意畸形，都希望具天然美，何况“自然中的丑本是不可能的”（哈格若夫）。

病盆景无疑成了被强制生长之物。所谓“巧夺天工”的形状，什么直干式、蟠曲式、横枝式、悬崖式、垂枝式、丛林式和连根式，即便再好听的名字，都有违天然，这与人病是颇相似的。人病由肌体内部不平衡所致，而人染病之因不外两种：一类是外部的东西直接侵入了肌体，如风寒暑湿燥火等直接作用于肌体，而造成肌体失衡；另一类则是肌体摄入的能量不均衡，比如偏食导致肌体失衡。

被强制生长的盆景，竟可怜得连养病的条件和权利都几乎被剥除——疏离了土地山林，周遭尽是人为的病环境，即便还算环境的话。

这些微型筒盆，或圆或方，口径都仅几厘米，比烟灰缸、鸟食罐大不了多少，狭窄逼仄，谁也伸展不开腿脚，残存的生命在如此的屈辱中更何以求生？置斗室之中又怎能沐浴自由的雨、自由的风，甚至连小虫鸣唱都无法听到，如何能与自然和谐相处呢？

这是被彻底异化的环境了。

然而，如此的病盆景却还是伟大的人类制造的“风光”作品呢。

如此的病盆景——亦真亦伪亦病亦幻的存在，却仍表现出顶天立地的轩昂气概，百折不挠的顽强毅力，超脱潇洒的清高气节，老而弥坚的坚强意志，乃至仍能给人以自然态的美的联想吗？还能形神兼备、神韵天成吗？

更令你无法说清的，是如此的盆景在民间看来却又是整体协调的、和谐统一的。不是树的高矮肥瘦与盆钵深浅长短的协调，就是疏疏密密、俯俯仰仰、起伏起伏、高低高低的协调，抑或使是变化中求趣味、聚散中相统一的协调……任意截取一枝，都自成“艺术”风景！

2

作为人而今天你却如孙大圣般一变，也变成了盆景。你已丧失了正常的生活条件，生命贮满了劫难，甚至担忧自己体内的营养供给系统会在某一天清晨被人彻底切断……

是杞人忧天吗？《植物学》说：在植物体内存在着两条方向相反、功能不同的运输线。树干中自下而上的运输线，将根部吸收的水分和无机物质输送往叶片，而皮层内部由上往下的运输线，则将叶片制造出来的养分运至树根。

有个说法叫做“树怕剥皮”。制作盆景时，倘若树皮被全部剥去，那么根部必被“饿死”无疑，根既死，水分就无法被输送至枝叶，枝叶必随之枯死。连贾平凹在小说《秦腔》里也写过：一旦知道谁“背过了白雪又说她的不是，我就会用刀子割掉他家柿树上的一圈儿皮，让树慢慢枯死”。

好在人出于功利，知道得让你半死不活，不，是半死仍活——以刀砍削去你的躯干的大半。即使算你还在活，亦是活在病残、痛苦和病态之境，尽管这并非生活，只算苟活！

你有无希冀天上的云、流动的风、飞翔的鸟能体会你的“痛苦”呢？你每天承受着无法解脱的痛苦，你欲抗争却无法抗争……你是罹病之人！你成了无法逃离、解脱痛苦的病人，成了被囚入但丁《神曲》炼狱的人！

你只有也只能永久地苟活在痛苦里。

“今人以盆盎间树石为玩，长者屈而短之，大者削而约之，或肤寸而结果实，或咫尺而蓄虫鱼，概称盆景。”（刘銮：《五石瓠》）即便如此的“水旱盆景”，单从这些汉字，我们就听到了高高低低的木石的哭号。

3

在它的身上，还曲折地体现了人的病态审美观。

它之所以出现如此的形态，是因为作为文化动物的人之病投射入植物——盆景成了人类扭曲心灵的雕像。

你大抵还该记得北京天坛公园里的那些辽代古柏吧。古柏的形成层已衰老死亡，树皮尽脱，那些没有施予任何人工斧斤而天然形成的舍利干和神枝，真是古柏形态的妙物天成啊！然而，伟大的人为役使柏树盆景早日成为苍劲古朴，竟一反天然，为所欲为，施以绑扎，施以刀斧。

制作它是广为施予仿生学的。为驱使柏树枝条转形，就将金属丝与杆、枝条的夹角硬扭呈 45 度——牵牛花、茑萝、金银花在篱笆上攀援向上时，就是以 45 度角缠绕上升的。

也讲求“随人意赋形”。比如，一看好雀梅身上的某个部位，即以利刃凿一条深达木质三分之一的槽，想扭曲多少就多少，而后裹以麻皮扎以钢丝，至少捆绑逾三年方拆除。在漫长的三年日月里，间施以矮长素遏阻其伸长。

更对它动辄施以大写意手术。大刀阔斧，大起大落，删繁就简，例行嫁接、蟠扎、修剪、提根，以呈虬曲苍劲之貌。如此术后的桩材，经由泥盆一两年“培养”后，方植入古雅逼仄的小盆。

此等制造盆景的种种伎俩，不是既倚托了扭曲的物象，又展露着人类的病态情愫吗？

明代屠隆在《考余事》中述制作松树盆景，就表白是以“马远之欹斜诘曲，郭熙之露顶攫拏，刘松年之偃亚层叠，盛之昭之拖拽轩翥”四大画家的松树画作为典范。

人的心术异化入了盆景……

即便情郁病梅的龚自珍，对活生生的梅同样是“斫其正，养其旁条；删其密，夭其稚枝；锄其直，遏其生气”，以遏制其正常生长的。

“外师造化，中得心源”本是中国艺术的主张，但在制作盆景时，人却一以贯之在“伤残造化”……中国传统艺术的许多观点，真是淋漓尽致而且发扬光大入制作它的过程了……

时至今日，聪明的人类业已形成的自成体系的病态的审美观念和刃不见血的操作规程，都付诸制作盆景的伟大事业了。

凡审美的都在尊重自然吗？
都能“天人合一”吗？
……打着审美的旗号，于白天，
人在制造夜色的艺术……

4

人与植物，乃至与盆景本应如亲兄弟般相互尊重，抑或是

“佛面互见”。这是唯一正常的关系。

只是这大千世界里的关系，因为有了人的存在，而未必都美。

岂不是吗？人一狂妄就“一览众山小”了，就变得心中无自然，目空一切起来，老子天下第一起来……略施斧斤，就将一些树木禁锢在逼仄的花盆里，像裹女人的天足成三寸金莲一样，剥夺其自由生长的权利，承受摧残……其实，对于人，这实在是算不上什么的，只是“雕虫小技”而已……

美，与爱、良心和尊重，
本应水乳交融。

人与盆景的如此关系，不已构成悖谬了吗？

人爱美，并没有什么过错。以美为目的的行为本来也不应该产生什么丑。

然而，事实却非如此。真是应验了“美是难的”这一句古希腊谚语了吧。

何况若无人制造盆景，或让植物自然生长，就不会有盆景之美，不会产生由一棵树或一片石表现的无限的精神世界；人追寻美，爱美却在制造病美，竟会弄出这“丑”，会“好心办坏事”而伤害树，换言之，欲美而这美，竟是病美，竟是大错，竟原来是丑啊！

据传，龚自珍面对买回的三百盆病梅盆景，痛苦着甚至还可能是哭泣了三天后，便立誓“疗之，纵之，顺之”，而后逐一解开捆缚病梅的棕绳，砸碎了全部花盆，而移栽全部病梅于南山了……

然而，如此的做派正常吗？尽管如此是符合现代生态观的。

5

从树上爬下来直立行走后，这“人”，就在天天骄傲于“智慧”的同时，也日日迷误于“智慧”了。“聪明反被聪明误。”果然是，人掌控的技术愈多，就愈迷幻入技术主义的阴云，愈陷落于自己制造的病灶；表面看人是披着五彩朝暾在昂首阔步地进步，而从本质上看却是在一步步滑入落日的余光。

——病盆景的“生长”过程，与人的异化或“人的病化”原来竟是同步的啊！

病盆景作为极端复杂的文化现象，突然就教我想起物理学上的一个概念——惯性。

惯性是一种自然属性，是谁也无法抗拒的自然属性，要命的是——这种自然属性也会衍化成人的“思想惯性”。

对“病的艺术”——盆景的追求，不已表现出惊人的思想惯性吗？

——左右惯性的其实还是也只能是文化或者文化心理。

谁能估算出文化的力量到底有多大呢？

我还想起摩罗在《文化对人类本能的制约》中写的不同民族的男人对妻子私奔的不同反应。

> 爱斯基摩人多半会将诱惑妻子的男人杀死，以此捍卫丈夫的尊严。这种仇杀如果一时无法得手，迟至十年之后还会拉满弓弦。切依因纳人（北美印第安人的一支）则做出一副无所谓的样子，那意思是我怎么会那么在乎一个女人的去留呢？他们不会有激烈的反应，只是要求诱惑者提供一些财富作为赔偿就够了……他们是一个节欲的民

族，并不在女人身上表现男性的尊严，所以不会为女人爆发深刻的仇恨和愤怒。

这个例证，我以为已足以说明病文化对人的左右了。

啊，盆景——受人异化的“艺术”，
被强大的“人权”左右的“艺术”，
被病文化扭曲的“艺术”……

今天，自然的衰败与人的异化速度正在同步加快。

盆景依然被一天天制造。

或许，人与盆景的问题，乃至人与自然的关系，唯有在人类消亡之后，才可能趋于和谐吧。

阿门，这地球村，难道不早就是一个硕大的病盆景了吗？

——你救得了盆景吗……

（原载《都市美文》2009 年第 12 期，获《散文选刊》2009 年度“华文最佳散文奖”。）

冬虫夏草

这世界，难道就不存在冬虫夏草式的人吗？

——手记

1

不是什么幼虫，都能成为冬虫夏草菌的寄生体。小虫活动的天空是如此高阔，土地是如此辽远，小虫更是如此之多，何以冬虫夏草菌偏要选择蝙蝠蛾幼虫的身体为寄生体呢？选菜青虫就不行吗？当然其形象不怎么高雅，但毕竟还是虫，还能够化蝶，翩翩然上下，亦虚亦实，恍兮惚兮，饶有诗意的。蝙蝠蛾幼虫作为冬虫夏草菌的“培养体”，难道是被宠幸被选美是命运的安排吗？

也不是任何真菌都能生长在蝙蝠蛾幼虫的身体里。

我们比较熟悉的真菌如蘑菇、霉菌，还有酵母菌等，谁也不会想到要深入如此逼仄、窄小的“虫体环境”。冬虫夏草菌寄生入蝙蝠蛾幼虫体内，也不一定是出于什么冤家路窄。我想，一开始，可能也只是一种偶然事件，只是这种偶然多了，才逐渐养成一种习惯，最后形成如此特定的自然选择。这种自然选择，与民间的男人是茶壶，女人是茶杯之说，《诗经》里的“窈窕淑女，君子好逑”的情理，该是相似的。

寒冬是萌生冬虫夏草的季节。雪野洁白，四野寂静。这样的日子，蝙蝠蛾幼虫只能躲藏在寒冷的泥土里，体质已下降，最终，抵抗不了让冬虫夏草菌强行钻入自己的身体，吸取体内的营养，在体内萌发菌丝体。经过隆冬到初夏漫长的日子，可怜的幼虫终于被吃得只剩下一袭皮，皮中全是密密实实的菌丝体（菌核）。入盛夏，菌核茁壮成长，不久，便从“虫”嘴巴那头生长出一根中间肥、两头略尖，表面上生着一些小球体，里面隐藏着不少冬虫夏草后代（子囊孢子）的棒子。这棒子蹿出泥土以后，怎么看都像夏天的草叶。

也不是任何地方都能生长冬虫夏草。

江南烟雨，天潮潮地湿湿，不适合冬虫夏草的生长。岭南天气，风热温湿，也不适合冬虫夏草的生长。根据科学考察，冬虫夏草只适合生长在四川、西藏、云南、贵州、青海、甘肃一带森林中潮湿的地方。想来，这真使尘世短了不少冬虫夏草的产量。

2

冬虫夏草是幸运的吗？已无法看见白云回望合，无法像蝴蝶一样舞入菜花无处寻了，陷入如此的境况，能是虫的幸运吗？虫啊，要怪就只怪自己的命运吧！你何以要躲藏在冬的泥土里呢？何以要鬼使神差遇上什么菌呢？何以不固守好自己最后的防线，让人家钻入自己的身体呢……更何以年年岁岁、一代又一代总要被重复吃掉呢？

成为冬虫夏草绝不是菌的美德，而是菌的鸠占鹊巢，菌的侵略行径，菌的霸权主义；是冬天开始的弱肉强食，冬天里的强奸作为，生物界的罪恶逻辑；是菌将自己的幸福生活乃至未来建筑在他人的死亡之上。谁能想象得出虫的死亡过程有多痛苦？

3

冬虫夏草是虫与草的流血“整合”，是虫的死亡式异化。我想，这种异化的过程，该不但是慢慢的，更是悄悄的过程，是绿血在流淌的过程。这种异化，无疑可以上溯到农业文明出现以前，甚至上溯到人类还没有出现之前。是伟大的冬虫夏草将一种菌的习惯、行为，乃至思想，让虫壳包裹了，包装了，甚至连名字也“去真菌化”了。

世上不是有“披着羊皮的狼”吗？我以为冬虫夏草不折不扣就是披着虫皮的“狼”。友人从西藏归来，带给我一小包冬虫夏草，说是世界上最好的冬虫夏草，因为是从生态环境最好的西藏出产的。我想，迄今为止人类的所谓生态学观念，本质上仍然是人类中心主义的。对于蝙蝠蛾幼虫来说，即便生活在西藏那样的土地，生态环境也未必就好。

冬虫夏草使菌的身价得了道升了天。冬虫夏草入药，性温，味甘，极具补肺益肾功能。煲一锅鸡汤，投四五条冬虫夏草即可。优质的冬虫夏草，药店已售万余元一斤。

在地球村，新的冬虫夏草，依然在产生……

中国斗鱼

斗争的白热化居然与美丽成正比展示，可谓是这个世界的奇观。

——手记

可以冠上国名的东西，我想都不太寻常。中国功夫、法国香水、瑞士手表……莫不如此。它们被国民引以为豪，代表一国某方面的顶级文化，除异常精美外，还可能颇为奇异，譬如中国斗鱼。

半年前友人曾送我一尾中国斗鱼，附赠特制小鱼缸一口。他说，斗鱼来自他故乡的深山野田。我想，那该是远离尘嚣污染，近乎世外桃源的地方吧。在这物欲至上的尘世，友情就像雨后的彩虹，弥足珍贵。我把养这斗鱼的鱼缸，供在寒舍“形神和谐，启智启美”的镜框下，一推开家门，见到我这八字散文观的同时，也能看见斗鱼。

先前，正是这位友人让我知晓“彭皮虎”竟然就是“中国斗鱼”——这可是与我缘分深深的鱼啊，曾带给我许多童年的欢乐，这是故乡的鱼，雌鱼温婉，雄鱼尽显男性雄风。

而雄性斗鱼表现出怎样的美呢？首先，是雄鱼的体纹，更体现美的秩序，美纹非常之斑斓，色彩也更强烈鲜亮，这是雄性激素所致。虽然成年雄鱼也就食指大小，身长六至十厘米，而斑马状的条形体纹，微泛生命光泽的鳞光，宛若乡村的明净朝霞，还带勿忘我梦幻似的冷峻的蓝，深厚而含蓄。哦，彩尾呢，你怎么看都会觉得似鲁智深那柄著名禅杖张开的末端，呈圆润弧状、是飘逸的分叉。

斗鱼名如其鱼，好斗是其立身之本，而其斗并不是纨绔子弟之斗，也不是蟋蟀血腥残酷之斗，它体现的是生命的强盛（这是一种奇特美），艰苦环境历练出的能力。

好斗的斗鱼平素却很平静，随遇而安，喜欢在平缓甚至稳定的水体生活。岭南山清水秀的所在——稻田、小溪、泥渠，不乏其生活的家园。

我认为斗鱼，说得上是最适合生活于农业社会的鱼。

斗鱼喜欢活动在水体表层。稻田间有落差的缺口，那流水潺潺处，常有斗鱼的身影。生物学书说斗鱼喜夜行。我想，斗鱼尤喜披星戴月也未可知。我们可以想象，山高月明之夜，银子般亮晃晃的月光洒在水面上，如果有风，水波闪动，这斗鱼该会满心欢喜的，尽管溶溶月色入水在水中有散射、漫射，甚至被吸收，与水难舍难分，而斗鱼对这些该是不在意的。斗鱼何尝不也以食为天呢，白天，斗鱼会偶尔跃出水面摄食。斗鱼还是杂食并偏肉食的鱼种，食干饵，食孑孓、丝蚯蚓、水蚤等昆虫幼体。我喂养斗鱼的实践表明，食肉的斗鱼体色尤为鲜艳。

时人豢养宠物小狗，以细链子牵其颈脖，开遛于花草间，心多牵挂。而养斗鱼却再随意不过了。你将斗鱼请回家，可在鱼缸底部植些摇曳的水草、置些净而薄的彩砂、假山，作其隐蔽之所，这是拟就其野外风光的生活场景。有人总担心氧气不足，要加植黑藻和金鱼藻，其实大可不必。鱼缸植了水草，照入阳光，水草光合作用会释放足够的氧。这斗鱼尤喜的明明暗暗的环境，是小小的生态系统。

斗鱼不太怕热，分布地域多属亚热带。0℃以上的水环境，斗鱼就能生存，14℃以上就活得很惬意。

20 世纪 60 年代中期，我正值童年，伙伴们都不用上学。夏天，太阳当头的正午，有时是结伴，我手持自编的小网兜，拎只小桶，赤脚猫行在田塍上，双眼死死地盯着稻田，特别是水声隐约的下水口。水稻正分蘖，正承接哔哔响的阳光，走向茂密。禾苗间常能见到一朵朵蘑菇状的气泡团——这就是斗鱼吐出的小气泡垒成的“蘑菇”，有的比拳头还大。

这“蘑菇”是斗鱼生命力强盛的象征，与斗鱼与生俱来颇神奇的褶鳃有关。

这褶鳃，鱼类学家也谓之“迷鳃”，尤其能为相斗的斗鱼提供足量的氧。

我们深知，鱼在水里，即便是在柳宗元笔下透明纯净的鱼儿可影布石上的水里，也依然是要呼吸的。这世间，却只有少数鱼有褶鳃，能以褶鳃呼吸。这褶鳃是斗鱼的呼吸辅助器官，甚至在陆上也能直接呼吸空气中的氧气。

褶鳃的结构颇为复杂，是鱼鳃第一鳃弓咽鳃骨及上鳃骨演化成的一种黏膜组织，微血管分布丰富。斗鱼血液中的代谢废物，经由迷鳃的微血管释出，同时褶鳃吸入氧气。

这可真是“物竞天择，适者生存”了。斗鱼的褶鳃，是长期适应水流缓慢或者稳定、溶氧量较少的水环境演化成的特殊呼吸器官，是在恶劣环境里从低级向高级修炼的正果，正因为中国斗鱼拥有特殊的生存武器，才成为生命力强盛、可贱养的观赏鱼吧。

童年时，我将斗鱼活捉回家，总将之养在玻璃罐头瓶中。这种装过苹果肉的玻璃罐头，现在见不到了，瓶高瓶宽都约20厘米，矮胖矮胖的身材。那年月，这是走后门才能购到的食品罐头。

今年暑假，我全家外出度假月余，也就是说家中的中国斗鱼一个多月没有喂食。我总念叨这鱼会不会饿死，这可是攸关性命的事。那天午夜回家，甫一推开家门，我的目光就投向斗鱼缸，咦，眼前这尾斗鱼，岂止活着，而且一见我们进门，就嘴脸朝着我们，摇头摆尾，上游下动，活灵活现的，快乐异常，真教我怜爱得要死。我赶紧给鱼缸换了三分之二的水（自来水曾被药物净化，不甚纯净，换水宜留些残旧之水）。换水后，我挑灯靠近鱼缸仔细看望我的鱼，久无进食，体色淡多了，无法像地球村上某些物种，可以色相事人。

闲来窃想，在芜杂的地球村，鸟孵化在巢窝，风孕育于空茫，斗鱼能够以斗争精神长河般延绵不绝，真还赖有“蘑菇”巢，有神奇的繁殖方式，能够子后有子，子后有孙，子子孙孙无穷匮也。鱼口如此众多，即便前仆后继也无妨吧。

繁殖力如此之强的斗鱼，我想与其只需4到6个月龄就性成熟有关。雌雄鱼一旦进入发情期，雌鱼雄鱼都会盼星星盼月亮一般，企盼值千金的“春宵”到来。雄鱼这段时间情感确实专一，理智专注，在浮水植物叶底，俯仰沉浮，吞吐空气，一口接一口，一粒又一粒，认认真真，非常负责任地把鳃中之气吐集在浮游植物周遭，不出旬日，“蘑菇”样的泡沫巢，就漂浮起来。

值得说说的，还有雌雄鱼在“春宵”临近时的喜剧。雄鱼一筑好浮巢，就斗胆了，最大限度地张开禅杖端般的彩色长尾，围着雌鱼，翩翩起舞，我不知鱼之乐，想来这该是双方正作相互了解吧，其间有试探，有追求，有误会，也有不安的消弭，终至两情相悦的鱼男鱼女，就相与游向新筑的浮巢下，这时，雄鱼是迫不及待的，将整个身体弯成U型，浑身是胆，颤抖着拥裹了雌鱼，终成好事……不久，雌鱼可一次产卵300至600粒，受精卵浮上水面，雄鱼就开始履行为父之责，用嘴将漂浮水中的卵逐一送入泡沫巢。泡沫巢堆叠了鱼卵，更是胀大如“蘑菇”，漂浮于水面。这当儿，雄鱼一改平日大男子霸气，耐心细致地修补浮巢，不时用鳍搅动水流，为卵粒供氧。

日升月沉，水体寒暖。小鱼终于从“蘑菇”孵化出来了，初为鱼父鱼母者，不忍心让孩子们独立走南闯北，雄鱼更是天天加班加点守护在巢下水体，每有幼鱼从“蘑菇”落水，都不失时机用嘴将之保送回泡沫巢中。

斗鱼的父爱就是如此之奇特、伟大，然而，即使这爱阔大得无以复加，也不会丧失爱斗争的本性。

这“斗争”究竟是什么东西呢？我想，无非是矛盾冲突的双方，都力求战胜对手的一种自然现象，或者是社会现象。

思想斗争，让人饱受精神苦役；肉体斗争，却多要流血。肉体之争缘于精神之斗。人类最伟大的发明，我以为还不是别的，而是斗争哲学。

斗鱼的世界，又何尝不是这样呢？

斗鱼真是本性好斗，而人类本是秉性好争，这或许就是好些人会被斗鱼吸引，而且喜欢之的原因。

忆当年，我和小伙伴只要一发现“蘑菇”，就兴奋不已——“蘑菇”下必有斗鱼。活捉斗鱼而养之，才能乐观其斗。那个年代鲜有乐子，能够观观鱼斗，可是多么难得的玩乐。人，是以斗为玩乐哪！

儿时的情景依然历历在目。把两条斗鱼投入玻璃缸，战事随之就拉开序幕。总的来说，斗鱼之斗，非胡斗而颇具章法。初见，双方并不马上投入战斗，而是先眼对眼、嘴对嘴一阵，保持适当距离，与其说相互试探，不如说是针锋相对的热身。这个时间不很长，何况斗鱼没有其他兵器，也没有鸟儿那般的爪子，将接吻改良为斗争的做法，真是再高妙不过的方式。你看，两鱼针尖对麦芒，终于嘴对嘴相向冲锋了，终于冲得两鱼嘴对接在一起，不，是死咬在一起，无论谁在上谁在下，都竭尽身心角力，角力撕咬正酣之时，双方还似人类自由泳那般绕着似有似无的水中轴旋转，本来静静的水体便被两盘“石磨”所推动，水体掀卷，浪花溢溅。

那时，我自然并未建立人与动物平等的思想，也不会想斗鱼如此相撕相咬究竟痛与不痛。

其实，在大自然，在文明人士不太关注的溪涧、池沼和稻田，还是有无数斗鱼经常在斗的。雄鱼，相斗未必曾相识，也未必有人谋划。

想当年，我布局鱼斗，教斗鱼世界布满战云，是想不到自己是以残暴凶恶为乐的，尽管这是乡野童心该享有快乐的方式。那时的鱼斗，无论是规模，还是惨烈程度，在今天看来，都大可不必大惊小怪了——我等只要想一想古罗马大斗技场，就会明白。

古罗马的大斗技场，四层环形建筑内设数万个观赏席的斗技场，在今天，依然飘散着血腥味，依然诉说着人间的不平！

被赶入斗技场角斗的都是无冤无仇的奴隶，却无法抗拒上演一对一的殊死搏杀，“要用无辜的手，去杀死无辜的人”——只有杀死对方，才可能换取自己的苟活。

斗技场内搏杀的奴隶越紧张越绝望，悠闲高坐看台的王公贵族就越兴奋，笑声就越响。这场景，与我童年时观赏斗鱼之斗，性质无疑完全不同。这些王公贵族，是将自己的快乐完全建立在他人的死亡之上……我们儿时策划鱼斗，欣赏的只是鱼的身体之美，角力之美，并不危及鱼的性命，何况斗鱼还多少可以主宰自己。然而，这大斗技场却不同，被欣赏的，是等级地位悬殊的悲“喜”剧，是极度凶残扭曲的人性，是血腥，是无人性，是下等人对这个不公平世界的彻底绝望！

当然这一切，同样是当年欢腾雀跃观鱼斗的我和伙伴们无从知道，也无法认识的，还是孩子的我们，谁会独立思考呢？

想一想，好在还有我们这些孩子捣鼓鱼斗，方教那个年月有“异化”的对应物、有对称的镜像和紫色的反讽……教那个时代还多少有些乐子，生活不至于更加寂寞。真该感谢我们这些不懂事的孩子！

俱往矣了吗？

对大小斗鱼之斗，我等就不需进一步审察吗？

斗鱼啊，你的好斗性，是在长期的进化史上怎样形成的？你的争斗，究竟是为了捍卫美，还是为了展示美？斗得白热化之时，可是你的彩尾扩展得最大、最斑斓之时，你是如此地在竭力扩张穷尽自己的美啊，是你教自己美成了一段锦，一面旗，一片霞，一种精神……在我眼里，你早就超越了美，超越了自己！你的生命涅槃重生！

然而，让我感到悖谬的是——假如如此的境况，反是你斗鱼追求的终极境界，是否已等于说：唯有斗争，才能构成斗鱼生命的至乐和本质？

人类如此喜好策划“鱼”斗、好观“鱼”斗，是由人性决定，还是由其他东西导致的呢？

我不禁想起生态学的“丛林法则”：在动物界，大多数的同类物种相斗，即便再凶残，也只是打败对手而已，并不将同类消灭；只求对手失败，胜负一出，即亮休止符，从不置对方于死地——这斗鱼之斗不也是这样的么，不是斗得筋疲力尽双方鸣金收兵，就是得胜方先罢干戈。

这无疑是另类斗争哲学了，然却是何等人性化的斗争哲学啊……

——我简直要为这小小斗鱼行加额之礼了！

——然而，在人类社会里，是否也存在类似的丛林法则呢？

假如硬要找，我想恐只有奥林匹克精神及竞赛规则能与之较为接近。

只是，奥林匹克以契约建立法则的做法，是否能够在现实风行？该建立何种体制，才能普遍施行“丛林法则”？

有道是“自然之外并无一物”，在这个包括人类社会在内的自然，要施行如此的“斗争法则”，我想势必更难了。

写到这里，我想起多年前曾想给幼子捉养一尾“彭皮虎”。当时，我回到梅州故乡，在水稻田间，猫腰走了走，在小河沟边，睁大双目寻了寻，遗憾“蘑菇”未见一个，斗鱼更是杳无踪影。在960万平方公里偌大的中国大地，斗鱼已濒临绝境。我只能两手空空……

友人说，这个世界上大多数斗鱼的故乡，在中国，可是，在过去那并不算长的时光河流里，生态环境江河日下，竟对要求如此之低的小小的斗鱼，也不能施行“丛林法则”！这仅是广施农药导致环境恶化吗？

斗鱼，你的生存力、繁殖力和战斗力，即使再强盛一百倍、一千倍，你就能斗过吞噬你的“对手”——人类吗？

你沦落至此等境地，真是我童年时做梦也想不到的。

我感到有一股寒气直冲脊背，愈来愈陷入忧愤哀凉……

鸣沙山·月牙泉

鸣沙山与月牙泉的对峙，是绝望与希望、生命与死亡的对峙。

——手记

1

唐书《元和郡县志》：“鸣沙山，一名神沙山，在敦煌城南七里，其山积沙为之。”它东起莫高窟，西止睡佛山下的党河水库，绵延 40 多千米，南北广布 20 余千米，最高处海拔 1715 米。游鸣沙山前，我专门查阅了气象资料。敦煌乃苦旱之地，年降雨量只有 39.9 毫米，年蒸发量竟高达 2400 毫米，仿佛是一窝幼鸟，朝上苍使劲地天天嘶喊着，张着求喝的嘴。我朝依然被夜色笼罩的鸣沙山走去。有几盏风灯游过来，几个骆驼主牵着骆驼靠过来，诉说着骑骆驼上鸣沙山如何如何好，声音干燥而低沉，却响得有些不真实，漫向空阔。鸣沙山夜色渐稀，然依然寂静，犹同上涌不久就凝固的连绵的长波大谷，高低起伏，线面柔缓；你想象不出鸣沙山白昼午间沙温竟可高达70℃。当然更看不见鸣沙山之沙，每一粒皆在压抑干渴。你突然就听得夜色几乎已脱尽的鸣沙山在鸣，侧耳再听，原是幻听。鸣沙山，在你的眼前，脚下，未鸣。

你脱下鞋子，开始攀爬鸣沙山了。你一下子就触到了鸣沙山的神奇。你感到了鸣沙山的不结实。你的每一步都是现实的却又是不踏实的，抑或说脚下总是松的、软的、浮的、下滑的，悬铺着理想主义的虚幻。绵延数千米的鸣沙山上，你向上的每一步，不知不觉间总似在退滑半步。你原以为这不足300米的沙坡，很快就可以走完。你发现鸣沙山一点也不含糊地在大耗你的体力。沙子渗入了你的袜子，没过多久，你一提脚，袜子就沉若沙袋。你只好坐下来，屁股一下子就陷入沙里。你认真地抓起一把沙子，细细的如同芝麻，又如同流水不知不觉就从指缝间漏去，随风飞荡，奇怪的是风很大，却无声。鸣沙山啊，你的沙子何以如此细碎？是由于昼夜温差太大，白天黑夜折腾，沙子自动爆裂的成果吗？山怕出名猪怕壮。这么多攀爬者的七手八脚，这么多喧闹的摩摩擦擦，这么特殊的气候环境，即便是磐石，也早风化了，细碎了。而细碎的沙就能鸣唱吗？鸣沙山依然未鸣。

《后汉书·郡国志》说："水有悬泉之神，山有鸣沙之异。"鸣沙山，乃姓"鸣"之"沙山"也。鸣沙山，峰峰谷谷，山不见平，"鸣"就一定是其宿命吗？鸣沙山又何以能鸣呢？神话传说固多，解释固多，但多穿凿附会。什么才是其科学解释呢？导游说，天气炎热之时，沙粒温度极高，且极干燥，风力推动时，或者在一伙伙游客同时从山顶飞滑而下时，一旦引发沙的大动，就可听到沙的鸣唱。细如芝麻的含石英晶体的沙，多带水的流性，多含杨花的动性。性易动，动必摩擦。多摩擦，必如频繁交往的青年男女，难得不生静电。静电之释放犹同我们冬日之速脱毛衣，总能发出爆裂声，经沙山群峰壑谷的共鸣放大，必若雷鸣。我以为这种解释是科学的。我的朋友马上独个儿自半山腰蹲一滑沙板飞滑至山脚，倒也山鸣谷应，然却断非沙鸣也，乃朋友之惊呼自鸣也。鸣沙山依然未鸣。

鸣沙山不鸣，我们就不鸣了吗？当我们终于爬上了鸣沙山顶，就禁不住欢呼弯弯秀眼——月牙泉雀跃、雷动自鸣起来。而这时，我猛一回头俯视，竟惊见月牙泉，正身披微煦晨光，正弯，正蓝，正亮在鸣沙山下，在喊我，在等我。

2

月牙泉的水域其实并不很大，东西长逾300米，南北最宽处50余米，地位低矮而谦卑，这水在鸣沙山的怀抱里，果然酷似月牙。水清清而泛绿，波微微而荡漾。星月皎洁之夜，嫦娥梦醒之时，环顾上下，或许会闹不清自己究竟是置身天上月呢还是沐身月牙泉。

月牙泉是本该得到无尽呵护的。如同嫦娥弯弯秀眼一般的泉，是难容半粒沙子的，但是，环月牙泉皆沙山也，皆是长腿的、会流善动的沙山也。被如此的沙山包围，难道不是一种冤枉、一种压迫、一种危机？鸣沙山的形势，是极可能将月牙泉彻底埋葬的。尽管泉之东也有白杨，亭亭玉立；也有芦荡，芦花飞白；也有画眉、麻雀，欢欣雀跃。泉南岸呢，也有馆阁楼台，绿树草地；泉北畔还有铁栅耸立，水草伏岸。泉水中，更有相传能治疑难杂症的铁背鱼，有吃了可以长生不老的七星草。然而，仅仅依靠这些，就能挡住流沙吗？如此的“生态环境”，能适合月牙泉生存吗？

月牙泉的坚守，无疑是困难的，甚至还是残忍的。谁没有五彩的梦呢？鸣沙山的沙，就分红、黄、绿、白、黑五色。每一种色彩的沙，都该会有自己浪漫的梦。对鸣沙山的鸣唱，你可以说是沙子干热、凶狠欲扑的呐喊，也可以说是五色迷离的浪漫小夜曲。在泉周围的高处，这些虚幻的梦，缥缈的梦，难道就不具诱惑？是诱惑，就必然会构成对生命的威胁。

置身如此的生存环境，月牙泉纵使再有理想——任何思清、想大、向往明亮的理想——都只能以保障生存为前提。如此的理想，能不沉重吗？能够现实吗？

岁月总是在风沙里流逝。月牙泉之所以春夏秋冬一直清亮不竭，在于有流泉自下而上汩汩地不竭补充。地质学家经过实地考察，认为月牙泉其实是古党河的一段河道。若干万年前，古党河改道从鸣沙山南麓西流，月牙泉作为一段残河，竟幸运地保留了下来。由于地下潜流仍在，泉眼仍在，所以至今仍有泉水上涌。月牙泉依然是沙漠奇观，依然是造化的神来之笔。

3

月牙泉纵然再小，但只要依然在汪，就客观地构成了与鸣沙山非同寻常的对峙。

这是真实与传奇的对峙，现实与浪漫的对峙，加号与减号的对峙，主动的看不见的干风和可感触的轻飘的流沙合谋，与柔软、温静、孤立、弱小、被动的泉水的对峙。是风沙在高处，泉水在低处的对峙；是貌似和平共处而且歌舞升平，实则机关横生、陷阱依旧的对峙；是细水微澜与流火干渴的对峙。是荒漠与绿洲的对峙；是缥缈、虚幻与现实、沉重的对峙；是生命与死亡的对峙。只要是对峙，就构成了一种无法排解的矛盾，就是一种貌似中庸的平衡，就是一种蕴藏的黑色危险。

倘若风沙或者流沙更强更大些呢？倘若不测的风云更多更低些呢？月牙泉啊，你还能江山依旧吗？

清晨，我下到了鸣沙山下，自泉之东北朝月牙泉走去，在离月牙泉不足200米时，就能明显地感到一阵阵力可扬起衣袂的风。敦煌人说，风总是以月牙泉为中心，沿坡面向鸣沙山坡顶吹去，风沙永远也无法吹入月牙泉。查阅《美丽的敦煌》，我发现书上已有“沙不填泉，泉不涸竭”的科学解释：“本地常刮西北风和东风。大风带着黄沙进入风口后，在特殊地形地貌的制约下，又分成三股不同方向的风流，沿月牙泉周围的山坡作离心上旋运动，把挟带的流沙刮到山顶，抛向山峰另一侧。于是，大风挟带的流沙和月牙泉周围山坡上滑下的沙子，总能被风送到四面的沙山背上。”

这真可谓是一种巧合，一种偶然，一种包蕴了隐痛甚至教人潸然泪下的幸运了。

而这种境况，还能继续下去吗？能永远存在吗？

我想，只要鸣沙山仍在，大风仍在，人还在，月牙泉就前途未卜……

天麻劫

天麻的劫难，是生态之恶的投影。

——手记

1 天麻吃菌

我原先不知道，多年生草本植物天麻的命运，在尘世竟是那么无常、莫测。

多年前，叔父来信嘱我从蜀南带些天麻种子回家乡种植，说如果种植成功，也是对家乡的贡献。我复叔父信说，天麻的生长需要腐殖质多且湿润的林地，需要相应的气温、地温和日照长度，对气候条件要求比较高，家乡粤东梅州属丘陵山地气候，并不适合种植天麻。当时，我还隐隐感到，在天地间复杂地开花，块茎隐藏入地的天麻，被世人视为神奇药材的天麻，多少已被神化，或许，这非但不是幸运，反而在喻示其命运的不测。

我读过一首诗叫《生活》，全诗只一个字："网"。生活确如网，笼罩天麻，天麻也如鸟飞翔，受制于环境的眼色，使天麻，成了死亡边缘保全的玉体，虎口脱险的“余泽”，险被吞噬的“成果”。

我这样说的原因，是天麻从种子萌发，到茎下长成肥厚如仙人脚一般的块茎，都要与生死冤家——紫萁小菇和白蘑科真菌蜜环菌遭遇。

因为天麻是植物家族中的“残疾人”，即使阳光哗哗如流水，如吊钟花般叮当甜美，也不可能产生光合作用，因为天麻已全然没有叶子，无光合作用的工厂——叶绿素。

天麻也吸收不了水分，纵然黄河水长江水珠江水嘉陵江水松花江水，春风化雨，随风潜入夜，比雪花落地还无声；天麻压根儿就没有根，这犹同人没有嘴，琼浆玉液端至面前也喝不到。天麻也无法吸收无机盐。

或许你问：天麻靠吃什么长大？

答曰：有绝招！

什么绝招？

吃菌！

天麻所吃的菌，正是蔓延在天麻周遭土壤中的蜜环菌。这菌被冠以如此美名，与蜜环菌呈蜂蜜色、菌柄镶有漂亮的环大抵有关，据说这还是发光的真菌。

蜜环菌的杀手锏是菌丝。菌丝无孔不入，在草色遥看近却无中，细雨霏霏之时，地动山摇之际，都白天黑夜悄无声息地钻营……凶险、莫测、饥饿的嘴，专门吸吮植物身上的养料，尤其企望遇上天麻。菌丝最爱吃的，就是天麻。

真还鬼使神差，天麻身边多的就是蜜环菌。不必颁行政令，也不必吹集结号，菌丝就集结在天麻块茎周围，将之围将起来，瞬间就想将之吞噬光。

要强调的是，如果蜜环菌遇上的是青壮年天麻，身强力壮的天麻，天麻细胞中特殊的酶，就可轻而易举地、不客气地，将钻入块茎的菌丝一一分解消化，化作可口的食料而彻底“吸收”。此等美食，对天麻真是太可口了……

2 天麻早先不吃菌

须说明的是早先的天麻不吃菌，至少不全靠吃菌过日子，当然，这是我的推测。依据呢？是有的。在植物学家眼里，早先的天麻是有根有叶的；根，可以吸收养分，叶，能够光合作用。可谓成也萧何败也萧何，因为嘴边总有菌吃，吃得容易，且好吃。吃饭问题可谓太好解决了，何必要绿叶制造什么养分要根运输什么养分呢？依照达尔文“用进废退”之学说，日月递嬗，沧海桑田，漫长的时日中，根和叶慢慢就退化了……你只要拿起一块天麻仔细瞧瞧，那块茎节间，仍依稀可见薄薄的小鳞片，那是命运留下的叶痕。

“天然食品”如此好吃，天麻能不春风得意吗？在黑暗的地下，形同青春少女，发育成长，日益出落得曼妙窈窕，凸显出兰科植物怪诞的特征，当然，模样儿还是有些特别，无法躲过采药人的眼睛。

采药人都知道，每到初夏，稀奇古怪的兰科植物天麻，会从地面伸出细竹笋似的、砖红色的“赤箭”，顶端排列微黄泛红的朵朵小花，花谢后会结出一串果，挣出果壳比沙尘还细的种子，随风飞扬。采药人心眼儿都贼毒，全不以叶辨天麻（天麻本无叶），而是顺“赤箭”朝地皮下挖，必能挖出天麻块茎，自然是没有根须肉嘟嘟的根茎。

这里得补充说一说“赤箭”。赤箭是天麻的别名，源于一个传说。

相传，炎帝神农当年尝百草以疗民疾，唯独天麻不服他采尝。

那天，炎帝神农翻山越岭，在太白山上挖到一棵天麻，见它既无茎叶，还没须根，只是光秃秃的肉块，伸手正要拿它，没料到那肉块突然就跑得不见了踪影。炎帝神农又气又恼，手执挖药木箭挖山不止，当大小山峰都快要被挖遍时，终于在势若天柱的“分天岭”上找到了它，天麻一露头，未及逃跑，炎帝神农的挖药木箭就“噌”的一声，掷了过去，扎入其头，从此便和天麻的块茎长在一起……

天麻块茎究竟有多大？一般是长 6 ~ 10 厘米，直径 2 ~ 5 厘米，形如马铃薯，略扁稍皱，微弯曲，多纵皱，质坚硬，纹路甚似西洋参，呈黄白色或淡黄棕色，切之断面平坦，绝不带纤维点，是角质状那种半透明，犹带光泽，你以舌舔之，微苦泛甜，嚼之会有黏性。假如是老天麻，横切面则凹凸不平，不独色深，味儿也苦得多，嚼之麻舌。

3　天麻被菌吃

天有不测风云。植物界也会风水轮流转。当天麻步入垂暮之年，生理机能衰退，乾坤顷刻生变，环境改而变得险恶，欲吞噬其的冤家、恶魔不是早就环绕在身边吗？灾难已等着。这时的天麻，可谓站在命运的十字路口，不但再无能力吃嘴边的蜜环菌，相反已成蜜环菌的食粮——何等动魄惊心、你死我活的生存之争！

这时的天麻，只是遭遇了天地间的生死冤家蜜环菌吗？至少是遭遇了置自己于死地的“还乡团”！

有什么地方是安全的呢？或许只有天上，然而，对于天麻，却上天无梯，想入更深的地层，也无门。

诗人说牛只吃炊烟深处的食物，其实也吃大地深处的菌。天麻的一生，在大地里也曾如牛一样吃菌，却在耄耋之年，再无力也无理由可以和蜜环菌和平共处，无力逃脱灭顶之命运。

就这样，天麻莫测的命运，发生在“命根子”，发生在你我看不见的黑暗的地下，泥土的内部，这可是百分之百的地下活动哪！真是不是冤家不聚头。

只是不知蜜环菌知否，被自己所吃的天麻，还是与自己的先辈早就不共戴天的药，有历史故事的成熟的中药！

4 被吃之感

我偶尔在天麻悲喜的山野行走，偶尔会想及天麻与蜜环菌命运角色的转换，心头总泛生拒之不去的郁结，漫生难言的悲悯。

我想，即便不提命运轮回，不说报应，同样命苦的蜜环菌，在复仇般痛快淋漓地吞噬天麻时，能否体味前些时先辈被天麻吞吃时的感受呢？

想想，天麻无论吃菌还是被菌吃，这过程该都是寂静的，鬼斧神工的，富贵的牡丹花依然在雍容华贵，鱼儿依然在夹岸河水内情感麻木地游，海鲸依然兴风作浪。

是的，就像人的社会，许多重大、可怕的事件都在暗处发生……就在天麻被蜜环菌快乐地吞噬着时，尘世依然被颂唱得美好，莺歌燕舞，蒲公英正飞扬希望。

教我无法不想的是，那花开的季节，天麻未必垂垂老时，身体还健壮，忍痛能力该还会强些吧；秋天时至，落红遍地，天气是一天比一天寒，天麻的身体自然越发衰弱萎缩，这时，疼痛感将还甚微弱矣，哀痛，更是没有，而心，却该将死，将进入所谓心花凋谢的死寂期。人说“小哀喋喋，大哀默默”，你可曾听见自己被吃的声响？那如春蚕啃吃桑叶的沙沙声……若这沙沙声不绝，而且全球轰鸣一片，该是怎样的情形？

天麻，是注定逃不出黑色命运了，而哪一段光阴，是天麻最难煎熬的呢？

只能揣想，在吃与被吃的相持阶段，这时除了安静，该还甚是暧昧吧，那可是快乐将逝、痛苦已临，心志怎么也无法坚定的时辰……

现在最为我关注的，还是天麻被吃时会恨菌吗？会恨“既有今日，何必当初”吗？也想“还卿一钵无情泪，恨不相逢未‘吃’时”吗？会恨当初何以不把全球的蜜环菌一口吃个精光，得勇追穷寇吗？而眼下，这求天天不应的忍受，能习惯吗？能习惯让自己，由大而小，一分一秒地进入虚无吗？

蜜环菌与天麻，本该是天地间平等的生命，然却成为生死冤家，是否还该崇尚万物互相尊重呢？

天麻或许心有不甘，甚至恨不得来场大雪教大地白茫茫一片真干净……这才是纷扬如纸钱的白雪，前赴后继的白雪，能将先辈和自己的悲喜命运，统统覆盖的茫白无垠的白雪……

5　更可怕的菌

这个尘世，依然有许多大张着的血口，吃与被吃的事件，依然在天天发生……说得好听是生存竞争，食物链法则，说得难听是弱肉强食……即便如此，月，仍出于东山之上；风，仍吹动茫茫的原野；岁月，依然更迭。

然而，天地却有大道。生物也好，非生物也好，甚至天下大势，俱在平衡与不平衡间动荡，唯势均力敌之态，才是所谓的生态平衡。

显然，任何生态平衡建构的过程，必定都是残酷的，多的是搏斗，是委屈，是变节，是充满痛苦，甚至血腥冲天。

既然如此，在天麻身上发生的一切，就天经地义吗？就是无法回避的命运“轮回”吗？

天麻，确是吃人家在先，被吃在后，这其间，会有什么喻示？是否喻示：无论是谁，如果想主宰自己的命运，前提是自身必得永远要强，要硬，要健康，得强壮，这不啻是落后必挨打的问题，而是软弱必生危险，必被吃掉的生死大道！还得时刻选择在安全环境生活，远离强盗。身边不能时刻有虎视眈眈。

但是，对于天麻，最凶残、最莫测、最可怕的敌人，就一定是蜜环菌了吗？肯定还不是！

你该已知道答案——

“是人！”

在人看来，性甘、平，长于熄肝风、平肝阳、祛风通络的天麻，有“三抗三镇一补”的作用，即抗癫痫、抗惊厥、抗风湿，镇静、镇痉、镇痛，补虚。

药性可并不止这些。在一家中药店的药牌上，我还读到这样的文字：

> 在临床上，天麻多用治疗头痛眩晕、肢体麻木、小儿惊风、癫痫、抽搐、破伤风等症。天麻对中枢神经可以产生作用：天麻浸膏有明显对抗戊四氮阵挛性惊厥作用；天麻甙可减轻马桑内酯诱发的家兔癫痫发作程度。天麻注射液促镇静、助安眠。天麻对冠状动脉、外周血管有一定程

度的扩张作用。实验表明，天麻注射液可使家兔血压下降，心率减慢，心输出量增加，心肌耗氧量下降。天麻素有促进心肌细胞能量代谢，特别在缺氧情况下获得能量的作用。天麻还具抗炎免疫作用。

难道不是因为这些伟大得叮当作响的固有药性，天麻才被人入药，用于治病，才深受人的“关注”，从此陷入史无前例的辽阔劫难吗？

死于复仇之敌，天麻也好，人也好，都死而无憾，也值，可以瞑目，而现在居然要死于和自己毫不相干的人，情何以堪？理何以堪？

何况，陷入如此的劫难，能博得谁的同情呢？天地间，风仍白白地吹，江仍白白地流。

苍天有眼，就怜悯怜悯尘世吧，人，不但可大面积、任意地人工“圈植”天麻，还可将野生天麻，连根儿从地里挖起，用白花花的水、滚烫的水、奢侈的水，明目张胆地洗，刷，刮，仔细地清算……你一旦被净身，就会被丢入光天化日暴晒，干净了身子，裸裎的你，就被置于利刃之下，被一刀又一刀地，切，切成片，甚至被投入研钵，碎尸万段，研成齑粉，这也罢了，更要将你光明正大地、完全彻底地进口，入人类之口……

真痛快，这与天麻吃蜜环菌的情形何其相似乃尔……

鉴赏年轮是残忍的事

人类，何以总制造残忍，总鉴赏残忍？

——手记

1

很久以来，我就想为年轮写一首科学诗，后来悟得，真要写年轮，还是以散文合适，何况年轮本身就是散文化的。

花衣燕呢喃的春天，树木分裂的细胞不但大，还壁薄，颜色鲜嫩，木质相对松疏；大雁回归蓝天成行时，这时的细胞，生长缓慢下来，体变小色变深，木质已变得紧密。岁月递嬗，如此有规律的松紧相间、一圈圈扩增的树木细胞，同心轮纹构成的树木横断面，就是年轮，也是散文。

年轮啊，你隐藏在树干里，是人类扩大的指纹，是生命膨胀的圆柱体，是生长发展的一圈圈秩序，是有韵无声的规律美，透露着自然力的神秘、伟大和创造！

年轮无论如何无法像脱衣裳一样脱去岁月的烙印。海枯石烂沧海桑田烙入你的身，美得居然如此水乳交融。即便习惯刀斧的木匠，也会着力保留你的美。你何时不让人好奇呢?

亚里士多德就讨论过你。达·芬奇观察过你钟情过你，很早就认定你是一年一圈。大文人胡适在《论短篇小说》中也说，懂得植物学的人只要看看树的横截面，手指数一数年轮，就晓得树的年纪。

渭水的风啸，王维的诗韵，桃花源的牧歌，《清明上河图》的喧闹，庐山上飘洒江天的热雨，刀光剑影，风花雪月，还有工业革命以来恶化的生态……都被你悄然刻录。

读伦勃朗和鲁本斯的橡木油画，你可推断出作画的年月。思想家和文艺家，尤能体味你的美，而且赋予你五彩纷呈的艺术意义。

诗人余光中既感悟雅致地诗写《我的年轮》，在散文《山盟》里亦一任你抒发沧桑："堂上庞然供立，比一面巨鼓还要硕大的，是一截红桧木的横剖面。直径宽于一只大鹰的翼展，堂堂的木面竖在那里，比人还高。树中高贵的族长，它生于宋神宗熙宁十年，也就是西元 1077 年。中华民国元年，也就是明治四十五年，日本人采伐它，千里迢迢，运去东京修造神社。想行刑的那一天，须髯临风，倾天柱，倒地根，这长老长啸仆地的时候，已有 835 岁的高龄。一个生命，从北宋延续到清末，成为中国历史的证人。"余诗人伸出手，抚摸那伟大的横断面，"指尖溯帝王的朝代而入，止于八百多个同心圆之心……那时苏轼正是壮年，宋朝的文化正盛开……美丽的年轮轮回着太阳的光圈，一圈一圈向外推开，推向元，推向明，推向清。这些黄褐色的曲线，不是年轮，是中国脸上的皱纹"。

的确，是你使存在却不可触摸的时间，具象了形状和体温，变得可读，可思，还可摸，甚至，你能预卜未来。

2

你是气候变迁、尘寰寒热的活档案，你是有生命记忆的草木代表。

你储存着降水量和气温的变化。

你记录大地霜冻、森林大火，你能从周围环境吸取化学成分。

长日照下生长的洋槐，无论气温高低，树茎均生大量早材分子，在短日照条件下，却只生少量直径较小的导管或无导管。松柏类植物，木材管胞直径变化不但与日照长短有关，也与气温的高低相关。在生长季，降雨量会限制树木形成层的活动，影响年轮宽窄。一棵长在干旱贫瘠岩石缝的北美云杉，主干直径 1.8 厘米，年轮平均宽度仅 0.1 毫米，而另一棵同样长在北美，但自然条件适宜些，其年轮就可宽达 12 毫米。

雨量充沛，气候温暖，树木生长迅速，年轮的间距将会变宽；寒冷与干旱，使树木的生长缓慢，年轮的间距就也变窄，所以说，人类窥视年轮，是可获得数百年乃至上千年气候的演变规律。年轮，够得上是超长期的“气候预报仪”。

哥伦比亚大学的戈登·雅各比说，酸雨严重的地区的树，越老年轮越薄，毕竟酸雨会抑制树的生长。

年轮还是大气污染的资料库。采矿，飞扬的重金属尘埃，沉降入土后，会被树木的根部吸收。通过光谱分析，可测出年轮各年吸收的重金属含量。

因此，年轮的科学价值，年轮的命运，就更与树木出身在何处有大的干系。我写过短随笔《位置》，摘录如下：

> 母校南京气象学院南侧，耸立着一脉龙王山。龙王山的世界，是松树唱主角的世界。那几年，江南的油菜花已成为原野黄黄的喟叹，在龙王山上跑步、散步和做物候观测，就成了我的日课。我发现，以山脊为界，山南山北松树的生长状况迥异：山南者普遍高大、茂密，山北者多矮小、稀疏。即便同一棵树，南、北的枝叶和皮相也相应地有厚薄差异。年轮，是树干上每年形成的细胞集合体，是“树心”对一去不返的悠悠岁月的圆形备忘录和木结构式的怀念。年轮，新年圈旧岁，层次分明，形同一石投湖而激发的那组起伏不断的同心水圈。拂去岁月的苍茫，阅读龙王山树桩上的年轮，我还发现，细胞体积，南部的一般都宽大、圆柔，北部的相应地都会窄薄、硬实些许……
>
> “自然社会”实在是很富喻示意义的。对于一棵树，生于山之南北，大可以是一阵风或一只鸟很不经意的作为，却会铁定这棵树一生的“社会”位置和生活境遇。正所谓“出身不由己，位置无选择”吧……

拙文想表述的是，不必管年轮的“政治意义”如何，人一旦山中迷路，只要能找到年轮，由年轮的宽窄，就可辨出自己的方位。

如此地可教人辨明方向路线的年轮，亦是地理图系，因为其能够记录火山的爆发。著名的圣海伦斯火山爆发后，灰尘和气体进入大气对流层，遮蔽了大片阳光，使温度剧降至冰点以下，使树木的形成层原始细胞深受伤害，于是“造就”了受伤的年轮——“霜轮”。历史上，东印度群岛坦波拉火山的爆发，就不但使“1816 年没有夏天”，也在南非的树木里“刻下”霜轮。

同样存在“假年轮”。

我没有依据说摇钱树有年轮、芭蕉树有年轮，然而有的树，在遭受气候冷热骤变、长期干旱或虫害、强台风侵袭等自然灾害之后，会在一个生长季长出两个或多个生长轮——形成“双轮”或“复轮”。柑橘属茎的形成层每年都会出现三次生长高峰，就是说一年内能长出三个生长轮。

被称为“抽水机”的木本植物桉树，生长于无明显四季之分的热带或亚热带，其形成层活动几乎整年不停，生生不息，你纵使眼睛睁得再大，也看不到生长轮或年轮的痕迹。

3

年轮研究始于20世纪初。一般认为，美国学者道格拉斯是年轮学研究的鼻祖，他在亚利桑那州还建立了气象站。1901年，他到弗拉格斯塔夫附近的伐木营地，拟通过年轮，求证周期为11年的太阳黑子活动，尽管未找到充分证据，却惊喜发现当地伐木营地新伐的年轮，与其他营地同期所伐的并无二致。尔后，道格拉斯历时13年，基于印第安村庄废墟残留木料上的年轮，制出世界上第一个年轮浮动年表，率先完成了以年轮测定古建筑年代的创举。

本人性喜植物，对年轮尤其心存系念。20世纪80年代，我在《植物杂志》就发表过有关年轮的科学笔记，笔述将不同年代的年轮相接而延续，可使年轮表达的时间一段段延长。现在想来，承接的还是道格拉斯研究的余泽，解读久远的沧桑。

其实，说到沧桑，对于我们人类，多的还是甚难解读穷尽的心灵感受，何况这个地球村，谁又说得清仍有多少年轮长埋于地下，变成了残骸，变成了有机淤泥乃至石油呢？能见天日的年轮真是凤毛麟角，弥足珍贵。

据闻，中世纪俄国的诺夫哥罗德大街泥泞不堪，恰巧当地盛产木材，市民便不断在路面铺原木，陷进一层再铺一层，如此年年叠积，结果冥冥中这些年轮，竟储存了 953 年到 1462 年的沧桑。

4

在今天解说年轮，谁能绕开身边日益恶化的生态环境呢？

即便这地球村有连绵无边的森林，“创造”无数的年轮，即使年轮在世上取之不尽，我仍认为鉴赏年轮是残忍的事！事情难道不明白吗？你看年轮的前提——是那活生生的生命饱满摇曳的树，已惨遭刀斧，已倒下，已死亡……

人类，每读一面新的年轮，虽然增加一份对时间的惊悚，却丧失了一份对自然的敬畏与尊敬。

何况这年轮之美——是令人心何等颤抖的残缺之美、残忍之美。即便月亮上吴刚斧下的桂树伤口能够愈合，桂树就不痛吗？桂树的心就不流血吗？还能痊愈吗？

依我看，人类能够看到年轮，不仅是树的不幸，更是人类的不幸——冥冥中人类已在承受生态恶化的报应，良心在遭受天谴，尽管多数人依然麻木。

记得那年游美加边境，进入尼亚拉加大瀑布附近时，我不禁惊悚于漫山遍野似野火一样静静燃烧的红枫（我不记得当时有无见过它的年轮），而今天我却想，这红枫的年轮，该是什么颜色的？如果我们也砍倒这红枫，赤裸在我们眼前的，难道不是一圈圈的伤心之“血”吗？……

我突然想到一则获戛纳国际广告节影视金狮奖的生态广告。那广告画面上的年轮，随着镜头的拉近越发清晰，随提示箭头所指而出现的画外音，更令人振聋发聩：“在这年，拿破仑出生！”“在这一年，凡·高出生！”“就是这一年，爱因斯坦诞生！”

最后，箭头在年轮上定格：“就是这一年，那个该死的砍倒这棵大树的家伙出生……”

肥　皂

不干净的世界，须臾离不开肥皂。

——手记

今日洗衣，肥皂在手，手感柔滑腻实，扩散着春天那种草木气息，突想，人类在没发明肥皂之前，或手头一时肥皂没有时，浣衣用什么？

小时候，吾乡粤东客家人洗衣裳，倒是有用山上香茅草的，有用沸水泡草木灰的，还有用皂荚树沙哑作响的皂果的，当然，用阔叶山茶籽的，也有。李白在《子夜吴歌·秋歌》咏“长安一片月，万户捣衣声”，那时长安妇捣衣，该是以河水就月光的吧。

去年夏天我游罗马，耳闻了一个传说，云古罗马人喜欢祭神，那里的赤日与中国《水浒传》赤泥岗上的太阳同样毒，能将禾稻烤至半枯焦，肥肥的羊肉祭品自然被烤化，那羊油一滴滴，滴入祭坛下的草木灰，混凝成油脂球，小小的油脂球被风一吹入河水，在水上漂。浣衣妇觉得好玩，就玩恶作剧，一把把抓起，就朝女同伴身上抹，被抹上者，笑闹着跳入河水，居然衣裳上的污物很容易就被洗净了，由此，“油球混灰”，便开始在古罗马流传了……

最近我读到了一则该是肥皂最早的文字记载，出自古罗马学者老普林尼的手笔，他写道，每逢节日，高卢（法国）人都盛装歌舞，彻夜狂欢，他们事先总喜欢将草木灰和山羊脂搅在一起，浓涂艳抹头脸，画各种脸谱，梳各种发型助兴。一天，大雨冲散了聚会，人们回家卸妆，方发现草木灰和羊脂的混合物合谋雨水，已将他们的头脸洗刷得干干净净……早期的肥皂就这样出现了。

肥皂的宏观“骨肉”虽然已被人发现，但微观结构，却长久地，依然是世人面对的一个谜。

若问：看穿肥皂微观结构之谜，靠什么?

答曰：得靠化学家神奇的眼睛!

在化学家看来，肥皂，无论多沉实，多油滑，多能去污，皆是高级脂肪酸钠在起作用，这高级脂肪酸钠的主要成员是什么?是钠盐和钾盐，这两个家伙的分子端基团就像“两头蛇”，一头很易溶于水，叫“亲水基”，另一头则为“亲油基”，虽不溶于水却溶于油。

我们中国人嘴上常挂着“油水”两字，可在肥皂这里，并不存在油水有没有的问题，而是油水相亲了，你若不信，看看这肥皂去污时的“两头忙”，就明白了。

肥皂一搓抹上人间内蕴丰富的衣物，肥皂与油污分子随即狭路相逢，“亲油基”宛如长枪，即时插入油污，“亲水基”则伸出油污而探进水中，于是，油污已成陷入穷途末路的敌骑兵，被包围，万物之灵还以手搓之揉之，以水洗礼之，那肮脏，那污浊，还能不被“拉下马”吗?只能摔打成散状的细小珠滴，被漂洗殆尽，还原出衣物的本色，洁净，美丽。

可以想象这去污浊的过程，是多痛快！

在这人间该有的去污运动中，我觉得值得高度重视，且要认真用艺术表现的，还有功德无量的肥皂泡。

当污脏们与肥皂分子及水分子一短兵相接，污脏们与衣服纤维的附着力只好开始减小，人施以搓洗，助澜推波，更是无法不让肥皂液渗入丝丝缕缕的空气……肥皂泡的大小，取决于气量的大小，即泡中所围的空气，决定了这人间，出现大大小小鼓胀发育的肥皂泡！

当然，这肥皂泡光彩流转的生命，在于能憋住多久的气，将不全在于运动。

生活，何时能缺少与污秽不共戴天的肥皂泡呢？

肥皂泡乃肥皂浮泛缤纷美丽的化身。

当然，肥皂泡的产生还得遵循自己的规律。

总如魔幻似的，你越搓洗，肥皂泡在你眼前就生得越多，流转浮泛出弧状的七色神光就越美丽。可我需要说破的，是这肥皂泡的美丽，只能来自那如世人绷得紧紧的脸皮般的薄膜，是这薄膜，扩张了肥皂液的表面积，使薄膜状的肥皂液颇具收缩力，这种液面的收缩力，叫“表面张力”，正是它的又弹又拉，方使这人间沾着的污浊，能够脱离得更彻底，令污浊能够更好地幻变为朵朵“恶之花”，随波逐流……

由肥皂泡，我想起了儿子晴川在童年时给我讲过的一个童话：从前有个肥皂大王，总想与人类开个玩笑。那天，他终于让自己泡制的肥皂泡，似大江浪潮一般朝陆地喷涌，没多久，陆地泛滥成了泡泡之海，冒头之人，一个个口粘泡泡，活脱脱就像海滩上的螃蟹。幸好赶来了一群毒蜘蛛，二话没说，就吧嗒吧嗒使劲地吃呀吃，终于将泡泡一个个吃掉。“泡泡吃光了也不好，”儿子说，“那样我就吹不了肥皂泡了。”我知道孩子们都喜欢肥皂泡，用麦管或塑料管蘸上肥皂水，小管子含在嘴里，嘟起小嘴巴，朝太阳吹去，肥皂泡从管子里喷涌而出，在阳光下飘啊飘，色彩迷离，幻变出美妙的童话意境。

儿子还告诉我，用热水做肥皂液，吹出的“气球”会更多更大。

我自己也发现，以热水洗衣裳，产生的肥皂泡，比冷水洗时要多得多，去污力亦更强。

这是什么原因？是我们天天离不开的水，这能载舟也能覆舟的水，柔软的水，还存在“硬度”，此硬度由某些物质所致。水不同硬度也不同。比如井水，就是含钙、镁离子较多的硬水。你我打井水浣衣，加倍搓抹肥皂，下狠劲地搓揉，也不如以硬度低的蒸馏水洗涤衣物来得干净。

假如你将井水加热——加热促进了化学反应，水的硬度被降低，肥皂又有了温暖如春的环境，这恰似大赛前运动员经过了热身，已容易进入运动状态，主观能动性得以提高，那除污去浊之力，自然已不可同日而语焉。

然低头细想，在这个世界，论皂去污，谁又会以虚幻之泡泡多少论英雄呢？何况这去污的过程，也并非就那么和风细雨，即便你不一脸严肃地高举洗衣棒，猛烈地一下下捣衣，你也要亲自出力搓之，擦之，一双玉脚，也可能会深入洗衣盆，踩之踏之，甚至手舞足蹈，也未可知，至于让洗衣机高速振动旋转之，也可理解，你明白，唯如此，才算没让英雄好汉般的肥皂闲置！

闲置，乃肥皂的悲哀。

何况这肥皂的闲置，还不同于琴、鼓的闲置，可置于墙上、厅中，可鉴，可赏，多情善感的诗人或者潇洒瘦弱的艺术家，还可以无中生有，听出音乐和鼓点来。肥皂的闲置，纯粹就是“闲置”哪！是眼睁睁让时间如大江大河般白白流逝的闲置，是两手空空一无所“摸”忍看污秽浊天兴风作浪泛滥人间的闲置。倘若连闲置都不配，被冷落墙角一隅，就只有跌入忧伤、哀愤，境遇如斯的肥皂，再遇上阴冷冷、雨凄凄的天气，脸面上濡结些水珠儿，圆溜溜的，真还状如孤寡老人凄冷的泪滴。

谁又可容忍将肥皂闲置呢？

从这个世界制造出第一块真正意义上的肥皂，到闻一多写出名诗《洗衣歌》，肥皂参加工作已经多年，而世界依然污秽，许许多多的肥皂，专业依然不对口，甚至连期待也没有，仍被闲置，被下岗。

我想，发明肥皂已殊为不易，发挥肥皂的功能，更是任重道远。

而且，发挥肥皂的价值，也绝不能依赖什么理论，更不尚空谈，空谈亦误皂也，靠的只能是让肥皂到位，你撸起袖子，去搓，去洗。

需要说明的是，在这还不干净的世界，肥皂其实也知自己仍有提高的空间。洗衣粉、洗涤剂这些后起之秀，论去污功能，与肥皂已大同小异，但肥皂分子结构中的亲水成分，与这些“后生”比，对钙、镁离子，却表现得要“敏感”些也“脆弱”些，也就是说，肥皂的去污“立场”，也并非总是一直那么坚定，每遇污浊，还未全面“交手”，多少也会产生些不溶性“皂垢”，“马失前蹄”而沉沦水底，使去污的大业打些折扣。

可我们的生活，却还未达到可以离开肥皂的状态。

“士为知己者用”，皂为去污者献身。一进入工作状态，你就得消耗自己，你会越来越小，甚至被忘却……

世界已变得越来越小，可肥皂直面的天地，依然很大很大……

雾霾批判书

我们不要过分陶醉于人类对自然界的胜利。对于每一次这样的胜利，自然界都对我们进行了报复。

——恩格斯

不消除“精神雾霾”，不建构绿色“空气伦理”，焉能天明地静，气正风清？

——手记

1 “雾霾恐惧症”在全社会蔓延

癸巳的立春，北京，又被浓浓的雾霾严实覆盖。春，被挡在城外。这个春天，最不能算作春天，中国国土的许多版图，都被锁入雾霾。雾霾内，是大地上艰于呼吸的人。

被雾霾包裹的人，如被驱赶入夜，尽管雾霾在本质上不是夜，却比莫测的夜更沉重。

被迫入雾霾的人，就如被囚入笼中之豹，这样的人，能不被怜悯吗？

血红的太阳还未完全西沉，天安门上伟人像犀利的眼睛已看不到纪念堂里沉睡的肃穆。夜来月亮隐约，街灯迷蒙。人们除感觉空气的异味，还感觉沉闷、压抑、烦躁，生出深重的恐惧。

早些时候，许多人是不明白雾霾的，还以为置身于仙山雾阁。

然而今日，无论雾霾来不来，民众都心有恐惧，国人有谁不是“雾霾恐惧场”中人？有谁不罹患“雾霾恐惧症”？

我们的社会，步入了“雾霾恐惧场”，生存伦理开始坍塌。

今天看见雾，你会窃想这是不是霾？雾成了一朝被蛇咬十年都怕见的草绳。朦胧月色，被疑是雾霾来了。日前，我与北京朋友通电话，他说现在已不敢张大嘴呼吸，更别说深呼吸了。真可谓“厚德载雾、自强不吸”了。

帕斯卡说，那无限空间的永久沉默，使我恐惧。你我恐惧，与不知道何处才是茫茫雾霾的边界有关。

在那农业社会，谁会有这样的恐惧呢？

无知者无畏，看来仍是放之四海而皆准的真理。

我本科攻读的专业是农业气象学，气象学家算是“本家”，但我今天却“深恨”气象学家，何以要广告天下这雾霾凶残的真相呢？

今天，谁不晓得雾霾包括数百种大气污染颗粒物，谁不知道危害人体健康的主要是直径小于10微米的颗粒物。这些东西，黏附在呼吸道和肺叶，会诱发或加重气管炎、鼻炎、支气管炎、结膜炎等过敏性病症。

雾霾诱发高血压和脑溢血，催生“非典型”肺炎。

雾霾笼罩天，气压偏低，空气含氧量下降，使人心肌缺血，心血管患者死亡率陡增。

“阴霾天气比吸烟更易致癌。”中国工程院院士、呼吸专家钟南山指出。

遮天的雾霾已留下数亿中国人空茫忧恐的目光。雾霾使中国的生态环境引起了世界的热切关注。

雾霾已然成为一个政治问题，不只是严重的生态问题。

2 雾霾是对美纯空气的反动

对雾霾事件的深入认识，上升到对生命生存负责的高度无疑是应该的，但我以为还有必要继续引入自然科学审美视角。

在这个地球上，还没有哪一种自然物的规模之大、功能之多、作用之神奇及结构之严密，可以与大气圈相提并论，大气占据了地球上除有形物以外的所有空间，苍苍茫茫。大气的质量主要集中在由空气组成的低层上，然而，在中国人眼里，空气却姓空，而且空与气，一直是中国哲学的两个重要命题，应该是空气纯净得令人视而不见吧，在祖国文学的长河里，竟鲜见专门写空气的文字。

但这不等于不见间接表现空气的文字。最擅长间接表现空气者乃诗人王维。瞧，王维诗笔携来的新雨秋暝静入空山的空气，明月清辉入松林的空气，“清泉石上流”的空气，既静美，还染佛性……

空的字义是内无所有。空气，就真个空空吗？事实是，唯有空得似无实有（纯净）的空气，才美纯本色，才适合人类呼吸。因而这空，又是“有”的储存。

在久远的农业社会，空气还没怎么被污染，还很纯净，由氮气、氧气及稀有气体组成，成分很恒定。

在法国语言学家罗兰·巴特眼里，空气的属性首先是轻盈，其次为散漫。我却认为，空气最首要的品质还是透明。因为纯洁，所以才透明，使人不知深浅，可透过空气欣赏四时之景，天上人间物事；好空气轻松，比陶令的桃花源更陶然轻松；好空气缥缈得神秘；好空气遮蔽、吸收、散射和反射阳光、月光；空气流动，就成风，欲起风波便得与水合谋；空气有稀有薄，你当然感觉它好像无什么缝隙，却到处都能让你进入。

在《包容一切的空气》里我这样写过：空气“很诗化，抽象得像光，缥缈得如雾，漂泊得似水。它深远、宽阔、无色、无味、透明、单纯、空灵。它的脚步，虚幻飘忽，无影无踪。你看不见它，尽管它有重量，更有形体，本非虚无。你用手抓它，先一握，再一拧，满以为抓住了，而你的手中，却依然虚空”。

虚空空气的缺点，莫过于太过包容，还良莠不分。

过于包容，无疑是空气伟大的根源，也是悲剧的开始。

湖水包容污物有沙泥过滤，空气容纳难容之物却无弥陀佛的消化法力，只能成为污物集中营……污物浮悬半空，便成霾。

形成雾霾的“主角”是谁？答曰：人类排放的污染之物也。

形成雾霾需要怎样的天气条件？

首要条件是气压较低，能够出现著名的“逆温现象”。1930 年 11 月 1 日，比利时于伊小城及附近马斯河谷地区，就产生了“逆温现象”。本来，包裹我们的空气，气温的分布一般都是随海拔升高而下降，诚如苏轼预言的“高处不胜寒”。假如逆转过来，离大地越远处的气温反而越高，这就出现了

“逆温现象”，所在的空气层在气象学上叫“逆温层”。空气，有这样的脾性，就是气温越低，密度越大，越沉重堆积。比利时那天就因为近地空气是“逆温层”，发生不了气流上升运动……悬浮的污物于是越积越多，终成霾。

雾霾形成的另一个必要条件是，悬浮在空气中的污染物能够发育成足够大的颗粒。

3　霾与雾有时同样可怕

雾霾颇具欺瞒性。

雾霾是寂静的（与恐惧相伴的场景，多是寂静的），近乎死寂，就像闻一多笔下的死水。这是百战沙场的将军也害怕的恶战前的死寂。

雾霾的死寂，颇怪异。犹鬼子进村，不打招呼，偷偷摸摸地就来了，这可是铺天盖地的弥漫性行动。“霾”“埋”不是同音吗？雾霾一到，尘界的一切就被暗无天日地“埋”了。

这雾霾，貌似漠然冷眼，却大智若愚，吞吐八荒。

权威的中国气象局《地面气象观测规范》认定，霾，是极细微的干尘粒等大量地、均匀地浮游在空中，使空气的水平能见度小于10公里的混浊现象，霾能够使远处光亮的物体微带黄、红色，使黑暗物体微带蓝色，幻变色彩，迷糊景物。

这里说到的干尘粒，是由扬沙、尘卷风、沙尘暴、浮尘等构成的复杂家族。

“当能见度小于10公里，排除了降水、沙尘暴、扬沙、浮尘等天气现象造成的视程障碍，且空气相对湿度小于80%时，即可判识为霾。”（《国家气象行业标准》）

此般定义，比中国古籍《尔雅·释天》所说“风而雨土曰霾”，更真实也更准确，同时，在暗示雾、霾之间存在大玄机，尽管从字面看霾与雾很相似。

雾是什么？“雾是无数微小的沉沉浮浮的水滴或者冰晶，在近地空气层中开会，在开湿湿漉漉、白白茫茫、沉沉默默的会。”

我把云拉过来，诗化些就是：云，是飘上天的雾；雾，乃紧贴大地的云。

令人迷惑的，是这雾，这霾，竟然粉墨登场，合作欺瞒尘世。

欺瞒的表现，是雾与霾都虚浮混浊，混沌迷蒙，神形酷肖，很容易混淆，如果满足一定条件，还能相互转化。

当然，民众未必知道，这雾与霾最大的区别，在于弥漫空中的构成物不同：雾如同《红楼梦》里所说的女子，大体是水做的骨肉，霾则是由扬沙、沙尘暴、浮尘及其他污染颗粒物构成的浊物男子，主要是“泥做的骨肉”。霾里雾中都含水汽，但霾的相对湿度是低于80%；一旦相对湿度高于95%，尽管无声无息，却已“宫廷生变”，霾转变成了雾——龌龊的雾，甚至是毒雾。

尤其可怕的，是当相对湿度在80%～95%时，便已雾霾相混，弥漫的主要是霾。

无风时，天气沉稳如深山古池老水，污染颗粒物浓度越大，霾就越重。如果水汽饱和，污染颗粒物会凝上水汽形成雾滴——起雾焉；雾被阳光照晒发生蒸发，颗粒物依然残留在空气中，不必似悟空那般摇身，雾，也会变成霾。

这真是易被混淆的视听，难辨的险恶。所以我说，这个时代的雾与霾，在有的时候，可说已同样可怕了。这是你难以想象的。

然而，这确确实实是自然律，是不以人的意愿为转移的自然规律，是只要条件具备，都会自然而然变化，全然不顾什么后果，也不顾什么美学、医学后效的自然律。自然和社会，都存在不以人的意志而逆转的自然律——伟大的自然律。遵循和顺应自然律，是包括人类在内的大自然里任何成员都必须表现的基本姿态。

面对自然律，今天的人类，如果不是听天由命，无所适从，就该选择敬畏和谦卑，并做出深刻的自省和行动。

现在令人恐怖和忧患的，竟然是尘寰中人，还普遍对自然规律导致的霾雾互变茫然不觉，还普遍认为雾很洁净，很纯美，对雾毫不戒备。

何况中国人，还一直那么喜雾，爱雾，有自恋赏雾的传统。

读读那些弥雾的古诗词，赏赏那些漫雾的国画，雾，被表现得何其神秘、迷离、缥缈和空寂。

那些艺术的雾和那时现实中的雾，我想，肯定不可能像今天如此“内涵丰富”。那时的雾，也起于沧海之上，漫在河山之间，也是那么静，生，散，湿漉氤氲，软绵飘拂，游荡蠕动，弥漫柔腴，白茫茫，却仍是洁净的，无毒的，美得难以描摹。

那时的雾，与国人崇尚的审美习惯居然如此吻合。

那时的雾——中国农业社会的雾，何曾见危及民众的健康和性命？有谁防范过雾？

对雾没有戒备心之前，外国许多杰出的文艺家也钟情雾，表现雾。

表现雾霾早就是美国艺术家表现的重要主题之一。莫奈就曾被伦敦的浓雾吸引，以浓重斑斓的油彩，着力描绘过雾霾中的英国议会大厦。狄更斯也是被雾造就的文学巨匠，他以雾都伦敦做大背景的写实小说——《雾都孤儿》已成传世经典。因霾带“病”，这些艺术作品，在今天看来，无非是误以霾为美的激情之作，是被骗取了艺术冲动的“畸形儿”，是染了无尽遗憾的“病艺术”。

今天的雾，溶解有毒物质，已是病菌病毒生长繁殖的温床——早已不再是工业革命以前的雾了。

需要强调的是，在今天，无论是雾是霾，都一样地存在 PM2.5。

PM2.5 是什么？是悬浮入空气直径小于或等于 2.5 微米的细颗粒物，被收入第六版《现代汉语词典》的当红词语。

让人们始料不及的是，经科学检测，口罩对 PM2.5 微粒的过滤作用是有限的。即使雾霾天戴着口罩，那么，雾和霾的细颗粒物，也可能通过你的口罩表面，被你的鼻子吸入。

如此有特色的“口罩风景”，一定程度上，只是一个美丽的幻象。

PM2.5——这自然形成，被现代工业排入空气，经由光化学反应形成的二次污染细颗粒物，在高倍电子显微镜下，你的“庐山真面目”，居然周身都朝四面八方挺着尖刺。你一进入人们的身体，就不客气地插在鼻黏膜上、气管壁上……

4　是病态生物体，也是围城

写到这里，我突然想起好莱坞电影中那些庞大奇特的生物，遂想，这悬浮的雾霾，不同样是怪异独特的病态生物体吗？

在生物学家眼里，生物体都拥有这样的特征：其一，除了病毒等少数种类，生物体全由细胞组成；其二，都具新陈代谢作用；其三，都具应激性；其四，都有生长现象；其五，都会生殖发育；其六，都有遗传和变异的特性；其七，都能适应一定的环境，并能影响环境；其八，主要从外界摄取营养物质；其九，都具可塑性，并且还都能呼吸。

生物体的这些特征，雾霾都近乎具备，我认为。

雾霾一样能够“新陈代谢”。雾霾入世，消消长长，子后有子，子后有孙，无尽无穷，甚至还可能百世流芳，前途不可限量。

应激性指的是生物对外界诸如光、温度、声音、食物、化学物质、地心引力等各种刺激做出的反应。眼前这雾霾，有无应激性呢？

想想，我们天天都在朝天空排污，雾霾何尝不是以牙还牙，以污浊还污浊，在热情而恒定地“回报”我们？

这个病态生物体，虽说是传染病脑炎、流感等病毒、病菌的“密集型组织”，却虚胖有余，结实不足，更是能虚张声势，靠什么？靠依然有不计其数的人，一直在勇敢、不竭地输送“给养”。

真是人类“宠养”的病态生物体，人类真该尽快注册“宠养”专利才对！

雾霾，你侵占时空，建构势力范围。你的苍茫气度和空间尺度，唯有雪落神州万里河山才能够媲美，你何止覆盖京城，何止覆盖东北华北……

你能够呼吸吗？这是怎样的呼吸啊，是生物集团军的呼吸，吸纳八荒，吞吐四野，全然不管人类是否已掌握气象武器和核战武器。

然而你却又太可塑了，形神变幻触须四伏，可塑得就像超乎庄子想象力的奇异章鱼。

谁说你不也是怀抱阔大的“母亲”呢？

江河施爱以润泽，天空施爱以蔚蓝，绿叶施爱以氧气，母亲施爱以怀抱。你不也同样施以我们难止边界的大“爱”吗？

然而，今天的人类已被你陷入深重的悖谬：同属生物体的人类，在被你如同母亲一样地“爱”着时，居然感觉不出幸福指数会如芝麻开花节节高。

你这个病态生物体，不同样是“围城”吗？你一到来，人类霎时就分不清是你吞噬了整座城池，还是城池已和你融为一体。

的确是隐天蔽日，这“霾城”，围城。

围城之墙，并不由石头砌就，更非钢筋混凝土，却色彩奇异，浓浓浊浊，稀稀疏疏，大抵合该如此方能续增污染之物吧。

然而，如此的城墙，却又太柔软了，柔软得几近于无，虽略显老态，却比潮打空城寂寞月的石头城更难推倒，还散发超现实异味。

5　人与空气关系最佳态

雾霾浓重，黑蛇云集之时，谁也无法否认这是和平空气里出现的大事故。

可荒诞的是，雾霾来时，“人与自然”的关系居然霎时就获得了平日里完全不可能有的大简化，简直不可思议，几乎被简化成只是“人与空气”的关系。

这不完全是因为空气空茫虚幻、了无痕迹，连香味也没有。空气不招惹你的注意是正常的。空气爱人，也绝不是出自本能，乃纯净之心使然。与其说不自觉，不如说是大自觉。

我现在提出的问题是：这人与空气的最佳相处态，究竟应该是怎样的？

你在屋里读书，在山河间行走，如果硬要你说说空气给你的感觉，你或许会讲，是似有似无、若有若无的。不是有“身在福中不知福”之说吗？人在空气里还不知要感觉空气，不生琢磨空气之心，这真是呼吸的大幸福了。很显然，这时的你，是不可能产生要看看空气的念头的，只有北风来袭你感觉太冷或酷浪汹涌你过热时，你才会关注空气。你平日里断断不会去想，哦，空气啊，今天让我好好地看看你！空气里留不下你的这种目光。空气也不会给你明察秋毫的契机。你也不会朝空气排放任何色彩及杂物。你不做伤天害气的事。总之，空气纯净得已被你忘记，空气也不漫生讨厌你之心，你与空气相处得很“无”。这不就是人与物（空气）相忘的境界吗？与其“相濡以沫”，不如相忘于江湖，这真是大而美的境界。

——这才是人与空气相处的最佳态，我认为。

所以，雾霾窝藏毒蛇是对洁净空气的亵渎，是纯净如处女的空气被猥亵奸淫——是对人与空气原初关系的污浊异化。

在这个世界，有好水供游泳是鱼的基本生存权利，有安全天空供飞是鸟的基本生存权利，诚然，有洁净的空气呼吸，没有病化的“雾”与“霾”，不同样也是人的基本生存权利吗？至少，这是人的呼吸权。谁可以须臾停止呼吸呢？

人权与道德伦理同等重要。呼吸是普世的，雾霾则是独异的。呼吸权不也是基本人权吗？雾霾，你是在完全彻底、地地道道地反人权、反道德！

因而，我有必要提出建构人与空气关系的道德伦理——空气伦理。空气伦理倡导人与空气属于同一整体，互相尊重，互为信赖，互相爱护，空气以洁净养人，人的行为以不污染空气为基本前提，时刻善待空气。彼此都不做以异质污物、侵害对方的蠢事，不伤残对方的“天生丽质”。

人与空气相处最佳态的建设与保有，难道不是完全有赖于人类能否遵守这绿色的空气伦理吗？

作为人，如果不以洁净还空气以名誉，继续一意孤行，继续给空气以颜色，空气必然响亮地还你以脸色……空气伦理也就无法建构，这人与空气关系的最佳态就只能是天方夜谭。

6 砍断“精神雾霾”黑手

雾霾，还时而在国土上发展蔓延。远比雪落在中国的大地上，寒冷在笼罩着中国更令人揪心。雾霾，远未被完全遏制，更遑谈被消灭。

这些年，我一听到所谓的“发展”心里就发毛——何以许多发展都与盲目、与虚假、与短视、与破坏“血肉相连”？谁是幕后的黑手？

是否只为当代人的幸福就可以肆意耗尽子孙后代的资源？雾霾已使空气走向商品化，还要多久将爆发列强抢夺空气之战？还有多久空气会变成“火药库”？是谁给了你掠夺洁净空气的权力？“如果在吃饭喝水呼吸都成问题的情况下，GDP 世界第一又有何意义？”（钟南山语）

雾霾成了中国现代化进程的迷离沟壑，成了国家崛起、民族复兴的坚硬阻障。

我们是否该迅速做出文明转型。转型世界观，走出自然资源取之不尽、用之不竭的误区，消除人类中心主义的幻觉；转型价值观，牢固确立“地球村”大观念和人类只有一个共同地球的价值观；转型生活方式，回归低碳、循环、生态环保的生活；转型资源利用形态；转型体制。发达国家成功的以法治霾、民间协同治霾的他山之石，难道不能尽快攻玉？人类历史上的雾霾“前车”，就不该令人警醒、借鉴？

我想起至今仍令人心悸的 1952 年 12 月 5 日那场“伦敦雾霾”。

那天，伦敦大气湿度陡增，风无力扬起米字旗，全城烟尘弥漫。尽管市民紧闭门窗，黄褐色的烟雾还是无孔不入。地铁以外，所有的交通工具已全部瘫痪。人们难辨方向。行人甚至已无法看到自己的双脚。到医院看病的人群长得看不到尽头。救护车需火把引路方能勉强行驶。伦敦一世界著名剧院，如期上演歌剧《茶花女》，由于剧场内雾霾越来越浓，观众再也无法看清舞台，只能中断演出。

英国政府随后公布的雾霾报告显示，这场伦敦雾霾，至少导致了 4000 人死亡，至当年底，死亡人数飙升到 1.2 万。

假如我们不实行行之有效的治霾模式，不砍断雾霾背后隐藏的黑幕大操手——“精神雾霾”，谁敢担保“伦敦雾霾”的惨剧不会在中国重演？

这精神雾霾要远比“物质雾霾”可怕十万倍、百万倍！

何况这精神雾霾还无处无时不在，在影响你，控制你。

存在精神雾霾必然有物质雾霾。物质雾霾如果被彻底消除，定然是精神雾霾已先行被消灭。

在这里还得道及精神。在大自然面前，我以为所谓的“精神”，已是悲悯、物我平等的姐妹，是与自然万物长相厮守共同荣辱的情怀，是慈爱、友善、远离杀机的善行，是无私纯净自在陶然的境界。今天反而是人堕入了低级“动物世界”，精神家园日渐荒芜。如此情状，如此的精神空间狭窄逼仄，只能使人蜕变为沉淫肉欲的软体动物。“精神雾霾”里那所谓的“精神”，即便算有，也只能是畸形的，是建立在肉体快感之上精神雾霾的分泌物。精神雾霾在本质上其实也并没有什么真正的精神，有的只是人的私利，人的欲壑。

根治物质雾霾易，消除精神雾霾难。

身为华夏儿女，我深知在中国根治精神雾霾尤其难。

治霾是国国有份的事，因为有风，治霾还是大气圈里没有国界的事——全球化的事，尤其对各国民众的文化素养已构成严酷的挑战。然而，我们的民间文化仍存在“人不为己，天诛地灭”的余毒，中庸哲学讲求不急不火，缺失紧迫感，更缺乏危机意识。何况中国的法制尚不健全，令人忧心的还有封建残余未绝，人情变通，打点关系，数字虚浮，诚信缺失的现象依然存在……

近日，我无意间读到了外国摄影家在中国某城上空拍摄的照片《万壑云霾凝不消》：那雾霾就像灰黑连绵的棉田，深厚起伏，城市被笼罩得严严实实。然而，静默沉寂之中，却仍有两柱烟囱雄起于霾海，依然“呼呼”地喷吐着游蛇似的黑烟……

中国治霾之路，荆棘丛生，前景未卜。

不完全是尾气

笛卡尔说："人是植根于肉体机器中的心智。"在这个科学时代，人的肉体和心智，不是正日益被圈入非肉体的机器吗？

——手记

1　爬出毒蛇

《诗经》的河之洲没有尾气，琵琶错杂弹的唐代浔阳江头也没有，元明清之前布鲁诺被烧死在罗马鲜花广场之前仍没有……到了 1886 年，德国工程师卡尔·本茨创造出了处女汽车，这地球村，才始有尾气！

才只是百余年哪，这从蛇洞似的汽车尾气管蹿出的一窝窝响尾蛇，发出冷冷的笑，携带莫测的毒，触目惊心！还有许多尾气蛇，陆续从飞机、轮船等"身体"的尾气管爬出……

世卫组织的研究表明，2012 年全球死亡人数约 700 万，而每 8 名死者中，就有 1 名死于空气污染。尾气蛇，够得上是空气污染的主凶。

尾气蛇齐心协力，攻城略地，前赴后继，猖狂地扩张势力范围，颜值并不像金环蛇银环蛇那样黑白分明。我的意思是说，有的尾气蛇色如白雾，犹同铅白色液体窜入秋溪，并不容易辨识。

纵然波澜壮阔，尾气蛇也怕被踩尾巴，一样脱不开地心引力，身份不高，与大地总是若即若离，若堆若积，贴地 0.3 ~ 2 米所在是其集结最浓处。

尾气蛇除了不停地搞鬼，还捣鼓什么哲学？窃以为，其除捣鼓集结哲学，污染哲学，还会捣鼓给人颜色看的哲学，给你看“光化学烟雾”。

说起光化学烟雾，还是气象学现象，并无三月的梨花白，也不带四月的樱花红，是尾气蛇成分中的氮氧化合物和碳氢化合物进入空气，经由阳光照射，产生化学反应而形成的化学烟雾，一百多年来，本色（蓝色）从不改变，弥漫秉性依旧。其生成也，与臭氧有关，与尾气浓度有关，与太阳辐射、气象和地理条件等也有关。生成于阳光喧哗的白天，消失于鸦雀乱飞的傍黑，最大峰值期，必然与交通高峰期同步。

1952 年 12 月 4 日，伦敦交通继续堵塞，全城陷入死风状态，发生了迄今为止世界上最为严重的光化学烟雾，陷入灰暗的伦敦城，交通已几乎瘫痪。烟雾弥漫至第 4 天，双层巴士只能借助雾灯缓缓行驶，警察需高举燃烧的火炬，才有可能与路人互相辨识，4000 多人死于呼吸系统疾患，8000 多人死于非命。

在平常日月，你抬望眼，咦，你或许发现，城市上空居然是艾青诗里的鸽哨长啸拉升的蓝，梦幻似的蓝，你以为这是响晴天。其实，这是还不算太浓的光化学烟雾正欺世，正上演魔幻现实主义。对的，这尾气蛇奉行的，基本还是现实主义。

然而，这尾气蛇，是否就没有一丁点儿美学呢？

在我看来，倘若有，也只能是罪孽深重的“美学”，不，应是教“天堂”都失色的“丑学”。

以下，是经济学家汪丁丁《杭州及西湖必将毁灭在汽车尾气之中》博文的文字：

> 记得刚到杭州时，是2001年吧，西湖周围没有多少汽车，入夜后仍可荡舟赏月……最近几年，每次来杭州，都感觉交通状况较之上一年明显恶化。此次更感觉街头简直污染到不能忍受的程度，以往阴天的空气也断不致难闻至此。司机说，2007年开始平均每日新增汽车不少于400辆！这座城市，怎可承受这样的污染？
>
> 今天感觉极差，西湖已经被尾气笼罩，成为“不适宜旅游”区域……几年前，朋友还声称天堂杭州是全世界最适宜居住之地……

啊，你如此伟大的龌龊的尾气蛇，还敢奢望拥有白玉兰味、水仙花味和香水味（即使游荡在巴黎）吗？你气味怪异，还热、黏、稠、脏，你恶毒山河大地。谁敢奢望你的尾气管，是深山汩汩洁净的泉眼。

你冷暖在地球近地面，在拉拢“乌合之众”悬浮颗粒物，弥漫凝重，亲密接触并吸附金属粉尘，制造致癌物，衍生病原微生物。你长尾善舞，在舞悲歌、死亡……

让人难以想象的，是你释放的二氧化硫，还是飘摇“酸雨”的主凶。

无论白人黑人还是黄种人，不论你的身体是否丰腴，尾气蛇都触你，缠你，吻你，尤喜钻你身体的空子。

谁让你的口嘴鼻耳，七孔八窍，总要“进口式”开放呢，忘了《西游记》里的铁扇公主，因为开放樱桃小口，被孙猴子一朝钻入的后果了吧？

说得精准些，尾气蛇从你的鼻子深入肺部后，滞留呼吸道，会引发呼吸系统疾病，酿生恶性肿瘤。一氧化碳由呼吸道进入血液循环，输氧功能立马被削弱，中枢神经系统随即受害，感觉、反应、理解、记忆力等必出现“故障”。专家说，尾气蛇的有些物质，潜藏在你体内即便过去了十年，还可能诱发癌症。

意大利科学家近日坚称，长期暴露在尾气中的男人，精子的活力将会重度受损，丧失与卵子结合的能力。

尾气蛇播撒的铅微粒，植根你的肝肾脾胆脑，会转入骨骼沉积。

当你的食品缺钙，当你受到感染、外伤，抑或饮酒、服用酸碱类药物破坏了体内的酸碱平衡，那些铅，会似毒蛇冬眠醒来，吹响集结号，猛烈攻击你，让你头晕、头痛、失眠、记忆力减退、乏力、食欲不振、上腹胀满、恶心、腹泻、便秘、贫血，罹患重症铅中毒，罹患黄疸……

说来晦气，尾气蛇，你在我的想象里，总像花圈的碎片，你在呐喊，在人身上创造破碎如孔雀羽翎的“孔雀肺”——象征现代人身体和命运的图符的“孔雀肺”。

我时刻惦着我的孔雀肺。

我替它打开血腥的笼子……

——张枣：《卡夫卡致菲丽丝》

如此的尾气蛇，黑暗得已百分之百超过了资本，可谓“来到世间，从头到脚，每个毛孔都在滴着血和肮脏的东西”。

2 难离难舍

我曾一回回自问，这个世界，真有可能某一天彻底断绝尾气排放吗？结论总是：难也！

难在何处？难在经济躯体与汽车，早已“如胶似漆”。绑在汽车身上的资本逐利伦理，就像蛇的眼睛，能自行脱落吗？汽车，依然在地球上一天天增多……

对尾气排放的控制，许多国家的机构和民众，似乎还在睁一只眼闭一只眼。这地球村的尾气排量，似乎比恋爱还自由。

更重要的，是这尾气侵染的空间，任何时候都不是哪一个人的，你我开车的幸福，要远大于个人的被污染，人是有私心的动物，还会有多少人介怀尾气的排量呢？

为了减排，即便你不再开车，可你还能让普罗大众从此不开车、永远删除尾气吗？

若彻底断绝尾气，就等于删除民众业已扩大的生活半径，删除汽车给生活带来的便捷和舒适……距离，就将复辟为问题。

这一切，能像手指点击几下删除键那么简单吗？

今天，人类社会，已然被裹挟上技术主义的大车，民众骨血里已高度依赖汽车，甚至早奉汽车为“神”。人类，是陷入想刹车却难以刹车，也刹不住车的窘境了！

甚至，很多有车一族，还自认自己已迟到了呢。

就说说我自己吧，我不开车污染空气的半世英名，几年来也被辱没了。我也在制造尾气！

仔细想来，在童年，我就喜欢汽车了。

记得是六七岁时，我见到《羊城晚报》刊载的汽车图片，就非常喜欢，马上央求邻家大哥哥，从广州带给我一辆红色玩具车。

我在十多年前参观过慕尼黑宝马博物馆，当时就惊异地发现，该博物馆竟然就是四根合拢雄起的“尾气管”——从天上俯视这博物馆，就活像宝马商标。

那年仲夏，是个阳光朗照的晌午，也是在德国，我低着头就朝一栋大楼走去，猛抬头见楼顶上耸立的巨大商标，居然就是大奔。瞧，我是在走近奔驰总部哪！惊喜之余，我不觉急退几步，为什么？为的是与楼顶上那个崇尚之物来个合影。有的亲友看过这合影，不禁朗声感慨，说我回国后那么快就购了奔驰“梅赛德斯”，明目张胆地大排尾气，原来，那个留影已有暗示。

不妨想象，当年那辆处女汽车“突突”地开上欧洲大地，必定惊叫声一片。当时，大抵是谁也不可能想到在今天，普罗大众与尾气蛇，会如此容易发生关系。今天的人类，居然能够如此容易地拥有汽车，真太幸福了！

我这样说，是因为德文“梅赛德斯”，乃“幸福”的意思。俗人我就窃想：我这可是在开幸福之车哪！从血管流出的是血，这车排出的尾气还能不是“幸福之气”？与如此的尾气彻底“告别”，行得通吗？

随着自己驾车技术与时俱进，我越发觉得自己已成“另类人”——“汽车人”，真是颇具哲学意味！

尾气的事业，已被我做得相当潇洒。想起学开车那阵子，我排放的尾气怎么看也像打摆子，像断断续续地排尿，焉有今天顺溜？焉有如此的规律？我今天排放尾气的事业，真够得上和谐，已臻高远的境界，我也彻头彻尾是“人车合一”了，成了拖着尾气的人！

必须郑重声明的是，这“人车合一”，可是汽车人操控汽车最随心所欲的大境界啊，不是那么容易臻及的：“每一个操控动作都自在流畅，加速减速、前进后退，左转右转，绝无神经绷紧，绝无驾驶的违愿感，车辆任何时候都顺手服帖，都给予最完美的回应。”进入如此的状态，你或许也会开开小差，偶尔想王维为何就能看到山色有无中，而你的显意识潜意识，却已百分之百地与汽车融合；你爱车，爱得相思枫叶丹，才下眉头是车，却上心头也是车。

既如此，谁还会相信你能轻易舍弃汽车，与车“从此刘郎是路人”，就不排尾气了呢？

何况你已习惯汽车带给你的力、美和爽了！

我多次阅读余光中先生的散文《咦呵，西部》，每一次，都感觉也已是“汽车人”地听余先生在吆喝：“咦呵西部。咦呵咦呵咦——呵——我们在车里吆喝起来，是啊，这就是西部了……芝加哥在背后，矮下去，摩天楼群在背后……咦呵西部。滚滚的车轮追赶滚滚的日轮……咦呵西部……”这吆喝传达的驾车之感，不就是你我习惯的炫力、炫美、炫爽吗？

由于不可抗拒的召唤，
我们没有别的选择。

——舒婷：《也许》

在网上，我看过环保艺术家王三杰的装置艺术品，这个叫《并非儿戏》的作品，是八辆汽车，齐将尾气通过输气管注入梅花形气垫床，孩童们一齐在被尾气鼓涨起的气垫床上，笑闹蹦跳。我想，这不是在警示世人吗？我们的尾气有力量，尾气的力量还不是小的，正在代替、取代苍茫空气，大可以鸠占鹊巢行使“职权”，除给人带来欢乐，还规范人制约人，然而，被其圈定行动范围的人，又有哪一个不在享受大快乐呢——能轻易舍弃尾气吗？

一个国家，一个社会，假如不能舍弃“病气”，甚至“病气”还甚嚣尘上，你能说奉行的经济发展模式，是完美的吗？

3 毒入雾霾

这地球村还未出现尾气和其他化学毒物以前，人类生活的空气社会，雾和霾也常有，但当时的雾和霾，还是造物主的原初本意，是原野的纯净女儿，是纯粹无毒的自然物。

那时的雾，还是宝哥哥眼中“水做的骨肉”，你以手抓之，拧之，还会有故乡井水洁净的清凉，“是无数微小的沉沉浮浮的水滴或者冰晶，在近地空气层中开会，开湿湿漉漉、白白茫茫、沉沉默默的会”（杨文丰：《雾霾批判书》）。水滴或冰晶，这些被气象学家称为雾滴的东西，在出现时，空气里必定水汽充沛，相对湿度不是达100%，也接近饱和，空气中必然是有足够的可被水汽包裹的凝结核（微小颗粒物），否则，纵然海上明月再多，水滴或冰晶仍无法凝结，腾不起云，也驾不起雾。

值得提示的是，霾到来时，无论怎样遮天蔽日，空气的相对湿度也才80%左右，比起雾时低。我要强调的，是这PM2.5，可是霾的主要成分，空气中这些悬浮的微小颗粒物，直径尽管不到头发丝二十分之一粗（小于或等于2.5微米），多数由扬沙、沙尘暴、浮尘和其他东西构成，然却正是这些东西，很是使空气混浊，降低能见度，遮天蔽日。

在那久远的农业社会，空气里也是有 PM2.5 的，但那时的 PM2.5，却是“泥做的骨肉”，不带病毒，夜半来也好，天明去也罢，即便每天朝你倾压过来，弥满你家的水井水缸，你用鼻子狠劲儿猛吸，溶化在血液中，落实在行动上，都不危及生命。

但是，今天时代不同了，连唐时“千里黄云白日曛”那种纯净、物理的传统风景，也没有了……

尾气蛇长驱直入人间，空气已成为黑色问题。雾和霾体内的微小颗粒物（凝结核），身份已遭篡改，已被奸淫，嵌入了化学毒物；雾和霾的成分，陡然多了由尾气成分二氧化氮生成的硝酸盐粒子和由氨转化而来的铵盐粒子——沦落成了病雾或病霾。

2005 年春，国家环保部发布的数据表明：北京、广州、深圳和杭州的空气污染，罪魁祸首主要就是汽车尾气！

> 有时我们早晨起床看见天灰蒙蒙的，到午后散去，天变晴朗了，应当说这就是雾，当然其中的凝结核很多可能还是来自污染物。如果到了午后天空仍然是灰蒙蒙的，那就是霾……早晨灰蒙蒙的，相对湿度也很高，到中午前后，天空短暂变清或者干脆不变，还是灰蒙蒙的，那就是雾和霾的混合物。雾散了霾还在。
>
> ——（束炯：《解读雾霾密码》）

气象学表明，当相对湿度在 80% ~90% 时，雾和霾已“团结合作”，弥漫人间。这时沆瀣一气的雾与霾，就是人们常说的“雾霾”。

雾霾，使全社会陷入了谈空气色变的泥潭，其间，尾气立下的“汗马功劳”，谁能忽视呢？

然而，被如此“病气”所污染、侵害者，就只有雾和霾吗？还有其他隐蔽的操盘手吗？

人类，还能回归空气纯净、简单、田园牧歌式的社会吗？

问苍茫空气，你的品质，谁主沉浮？

4 不必隐喻

汽车屁，乃“排泄物”，这是谁也否认不了的事实。科学界早有人提出：恐龙灭绝，乃恐龙屁所致。你敢说这伟大的汽车屁，就不可能灭绝人类吗？

仔细想，这汽车屁和恐龙屁真还存在共同点：一致对外，还从不搞窝里斗。

文学些说，这汽车屁甫一出洞，就幻变成了艾青笔下的《蛇》，“扭动身体，纠缠得难解难分”，而其质地，可能是你家乡那条波浪宽阔、风吹稻花香两岸的洁净大河吗？

苇岸在《第二条黄河》中哀叹“长江已经变成第二条黄河了”，其实，这地球村，不是每天都在创造无数烟霾江河吗？

尾气最形象的“大写真”，都以身相许了大街窄巷；尾气与雾霾合谋的重要业绩之一，就是教地球村许多大小街巷，荣升为烟花巷。你怎能不慕煞地球村有那么多村民，总能置身烟花巷，承受“烟花三月”的宠爱！

最要命的还是，这“烟花三月”的细颗粒物，浮兮飘兮，降低着大气透明度，在削弱太阳辐射，还减弱地表对太阳辐射的吸收和散射及反射，寒暖社会，影响风气。这些“小的们”与雾霾合谋，弱化空气的上下左右活动，减弱空气动量之传输，教空气社会趋于“稳定”，污染物越发集聚于近地面——这就是为什么但凡雾霾天，天气都静穆、沉重、暗哑，犹同沉郁愁闷心情的原因。

我即便行走在德、意、法尾气浓重的街巷，陷入两岸建筑物筑就的河床，不必回头也到处是岸，到处游荡着尾气蛇的建筑物的河床，我也无法不漫生这样的奇幻之想：彩色尾气蛇们不都在努力合作，欲发育成龙吗？浑身上下前后左右无数拥聚的尾气蛇集合而成的伟大的烟霾龙！喷吐毒气颤闪蛇芯的巨无霸烟霾龙，其蠕动也，其起伏也，腾云驾雾，半隐半显，藏头隐尾于城郭内外。

假如你背负苍天朝下看，入你眼帘的多事地球村，东方到西方，在晨昏线的两头，有多少烟霾龙正日夜盘踞、游走，在加班加点建设“城市热岛”哪！

——“城市热岛”是何方神圣？在我这攻读过农业气象学专业的人看来，“城市热岛”是城市高温化，空气温度显著高出外围郊区的现象。因了烟霾的浓黑，使之变得很是形象，犹同海平面雄起的岛屿。又因了城市绿地的日益减少，“活动”在城市的大量人工发热体、排热体、建筑物和道路类高蓄热体的乐于给力，给城市输送热量，尤其是本文所论的贡献尾气良多的汽车，既是高蓄热体，还是高排热体。如此这般的“城市热岛”，与城市上空的光化学烟雾遥相策应，其虚实也，其绚丽也，真叫史无前例的现代化进程愈加蔚为壮观了。

鲁迅有诗：“运交华盖欲何求。”华盖者，形同锅盖也。为“城市热岛”立下汗马功劳的尾气与雾霾，真是在合作制造“锅盖”啊，欲将城市市民笼罩入“华盖”。

顺便说的是，如此“华盖”，不就是占“球面积”最大、最前卫、最辉煌、最热力四射的城市人文景观和现代行为艺术吗？

呜呼！你同意让地球村，不是到处莺歌燕舞，反而天天都交“华盖运”吗？

5 开出窘厄

在今天，汽车已被人供奉成了物质和精神合一的“宗教”，拖曳尾气的怪异宗教。在尾气上伺机“做手脚”的事业，正甚嚣尘上。

尾气处理的净度，将决定汽车尾气排放检测能否过关，车子是否会被判为“墨斗鱼”（黄标车）而被淘汰。

所以，并不偶然，下面的情况就发生了：

> 昨天上午，肖先生的奥迪年检排放没通过，他走到监测站门口，遇到手持“尾气检测”牌的黄牛，黄牛口气很大：“150元，包过检测，不过不要钱。”黄牛告诉肖先生，已有不少车辆在他的帮助下，顺利过检。
>
> 肖先生将信将疑，让黄牛坐上他的奥迪，黄牛引导他将车驶入一家小型汽修店。
>
> 肖先生告诉记者，包过的秘密不过是花上150元租个三元催化器来临时减减排，这样就可以顺利通过年检。

此类“真传”，无疑自欺欺人，可网上举不胜举。

这让我突然醒悟，原来，全人类都被推进尾气弥漫的考场了，这个大考场，就是我们天天生活其中的“地球车”。看吧，那些扎入地球的油井和气井，不就是“地球车”伟大的排气管吗？

我国仍属贫油国，每年都得进口3亿多吨石油。油田和油路大多掌握在美国和中东产油国。

假如《西游记》师徒今天赴西天取经是驾车，该如何安排座次？我以为最适合做司机的非沙僧莫属，其实诚，不至于疯踩油门猛排尾气，八戒呢，宜陪师父坐在后排。断断不可以驾车的是谁？我不说你也知道是悟空，这泼猴猴性一发，别说会发疯大飙车，那尾气也会大闹天宫……这泼猴只能坐副驾，猴眼圆睁，耳听八方，倘遇路妖，还方便开车门，一个筋斗跳将出去，抡圆金箍棒……

我何以会有如此的想象，是因为在污染的尘世，尾气已越来越成为战争的“导火气”了。

有无最终的解决法子？

法子只能是彻底淘汰现行的机动车，实现尾气零排放！以全面普及的电动汽车，无人驾驶“苹果化汽车”（Icar）取代机动车！

只是如此，就能彻底解决问题吗？结论是否定的。

我首先要说明的是，这个尘世，技术主义已甚嚣尘上，人类长期以来被套入了形形色色的技术圈套（利益圈套）。这能怪罪我们吗？这些技术圈套，还是人类自造，看上去都很温柔、美妙，都体现“人定胜天”，从本质看，却严重悖于人的自然属性，激化机器与人的情感矛盾，与人体功能发生冲突，至少会异化或弱化人的自然属性，丧失人的生命本能，违反自然的本原伦理，会深刻异化人的思想及灵魂，人在不知不觉中，已被绑架！

诱惑力正如日东升的电动汽车、“苹果化汽车”，是这样的技术圈套吗？

人类，自供技术主义的香火。

任何旧矛盾的解决都意味着新矛盾的产生，因而，我敢断言，纵然全面普及电动车和“苹果化汽车”，许多新的诸如心理问题、耗能问题和环境问题，必然随之而生。

审视我们人类自己，今天已全然生活在自然环境、社会环境和人工环境“三界”之中。而人工制品“苹果化汽车”，更是驱使人去将身心全然交给机器，犹同新娘身心都托付给另一个人，人的自主性，几近丧失！而且，人与自然（即便是被异化的自然）的关系还在日益疏离，疏离的程度，就似囚笼中踩脚踏车的白鼠，总也无法停止踩踏，总也停止不了奔跑，只能越跑越快。

难道想象不出吗？那路上都是高效“苹果化汽车”时的景象——这些无人汽车，全由网上母公司控制。“整辆汽车就是一台电脑，外加四个轮子。电脑也是机器，通过 4G 或者更高维数的网络，随时随地与世界进行联系、互动。”

如此一来，是否将消耗更多的电能呢？出现更严重更可怕的交通流量呢？

甚至将出现更多人类还无法预料的问题。

我觉得有必要将这些陷人类于窘境的诸多问题，定义为一个新词——“新尾气”。

遭受“新尾气”异化的人类，或许会自鸣得意，以为自己真个坐上了“自动车”也未可知。

而“新尾气”会不会比旧尾气，还要危及自然生态和社会人生，同样未可知。

严酷的事实是，汽车的自动化，必将成为新的世界潮流，浩浩荡荡，势不可当！谷歌的无人驾驶汽车，那车身上 360 度无死角传感器，浑身上下已在眨巴着眼睛，雄视着这个世界。

有什么法子，进入新尾气时代，人类，要走出心理疾患，突破身体伦理限制的“城堡”，肯定要比今天在深圳东莞“遭遇水稻田”，远要困难。

是的，人类要摆脱汽车依赖症，已绝对没有脱一件爬满虱子的衣裳那般容易了。就像上阶绿的苔痕，“新尾气”在加速绿你的身心，疏离你人的本原，欲全方位打造你，要把你铸造成形象怪异的“汽车奴”——“甲壳虫”！

在说这“甲壳虫”之前，我先说说“技术宠物狗”。

我不认同“技术是双刃剑”之说。在我看来，所谓的剑，不但没有生命体温，还缺乏驯良，纵然身体雪白，也驱人千里之外。你以手抚之，一不小心，还很可能淌血，想想，真还不如说技术是宠物狗更为恰当、合适！

我认为，称“技术”为“宠物狗”，既保留了技术受人宠爱的权利，也并未回避技术蕴含的资本剥削机制和资本的逐利伦理，何况这些东东，早被裹上让百姓消受、满足欲望的糖衣了，依然广有市场。当然，技术，即便是宠物狗，仍可能“咬人”，也排粪便，少不了污染环境，甚至也异化主人……这些自然是负能量，颇难控制，但有希望将之降得最低。最重要的问题在于，还是相较于剑，对宠物狗，人类可驯之，亦易驯之，绳之，牵之，甚至圈之，其不至于太让你失望，能给你快乐，会依恋你，忠实你，一般情况下，不至于扑咬你这主子，要咬也是咬其他，如咬空气。

只是，即便“技术”是“宠物狗”，是否就能襄助屁股上拖一条“新尾气”尾巴的人类，逃脱“甲壳虫”的命运呢？

我基本认为，在这个世界，今天发生的事情，历史，似乎都做过半神半仙的预示。德国设计天才费尔南德，早在1937

年，已将保时捷设计成甲壳虫模样，何况，人，被异化成甲虫后，生活习性是如何改变的，是如何变异、扭曲，自我是如何丧失的，通过不朽小说《变形记》，作家卡夫卡也做过淋漓尽致的预言。

回看我们栖居的地球生物圈，但凡生命体都会自觉与周边环境隔离，有人说是自卫，我却更认同是本能。细胞可以说是天地间最简单、最基本的生命体了，不也外裹一层细胞膜吗？由此想，本是能较自由地蹦跳的人，最高级的动物——自由人，却总想外包钢铁外壳（汽车钢壳还未有与生命体连），这不是“自投罗网”，不是心甘情愿，要成为卡夫卡小说《变形记》中的甲虫吗？其间会蕴含什么更深刻的意味吗？

一位哲人说过：“人们只有退至无可再退，历史才会念起它的魔咒。”

历史老人，最终是否会念出这样的魔咒呢——人类啊，被新能源汽车异化的人类，挣脱“甲壳虫”的命运，唯有相信你们自己……

还能有什么灵丹妙药吗？

我想：办法总要比困难多。拯救人类脱离窘厄的“良药”，唯有从新文明中产生。

宇宙浩渺，尘世迷茫，人类啊，如此的新文明，你何以追寻……

第二辑

精神的树，神幻的树

胡杨，是生态恶化时代炼就的最富有理想主义和现实精神的英雄！

——手记

1

“托乎拉克”是维吾尔语对胡杨的称谓，意谓“最美丽的树”。这“最美丽的树”于1809年，有缘与法国植物分类学家葛·阿·奥利维尔互相发现，并由此得“胡杨”之名。

胡杨很早以前就已是伟丈夫。杨柳科属，落叶乔木，高大的成年树干可达30米，三四个人才能合抱。据敦煌出土的胡杨化石推算，胡杨实乃六千多万年前就生长于古地中海的残遗物种，可谓“沙漠活化石”。在内蒙西部的额河流域生长着不少胡杨。地球村的胡杨，绝大多数分布在我国的塔里木河流域。

胡杨仿佛是长在艺术殿堂里的树，超现实的树。在大西北环境最恶劣的地方，灰褐色的树皮粗裂如沟壑的胡杨树，虬曲苍劲，有的似骆驼负重，有的如龙蛇蜷地，有的似狮虎曲踞，有的如骏马哀鸣……即便匍匐于地，肢断骨折，在天幕下，也依然挺起不屈的脊梁，犹同黄铜雕像。

如此“艺术”的胡杨，超现实的胡杨，已成了远离人间的东西。

在面对胡杨的瞬间，即便再伟大的心灵也会震颤，心灵承受过庄严与神圣的锻打，会彻悟什么才是生命的最高境界，什么才是尘世的壮丽与永恒。

你抬望眼，问辽阔的苍天，胡杨何以会“出落”成此番模样?

苍天无语。植物学家却说，成龄的胡杨，在水分充足的环境里，树干其实应该是可以挺直的，犹同青春饱满的胴体。

胡杨出落成如此的模样，主要是“客观”环境使然。

塔里木河流域年均降水量仅 50 毫米，蒸发量却是年降水量的六七十倍。包围胡杨的空气，干燥得简直就是智利诗人聂鲁达笔下干燥、赤裸和灼热的金属。而我们的胡杨，没有送水的园丁，没有方块汉字的杏花、春雨、江南，有的只是黑色夜气的冰凉和单一白天的酷热。夏季，沙漠表面的最高温度可逾 70℃。

衰老的胡杨终于无法抗击如此的人间环境。得不到起码水分的胡杨只好自行“壮士断臂”——放弃提供某些枝条的给养，以维持最低限度的生存。黄风卷地。大风刮掉得不到水分的老枝，“伤口”形成的树结，犹同战士征战留下的疤痕。

令你难耐的更有那烤树的白沙，在夏日，在白天，还会幻化成远逝的塔里木河水，白白地、冷冷地流。入冬季，荒原茫茫，朔风浩浩，极端最低气温至零下 30℃，更有沙尘暴。如此的盐碱地带，如此的戈壁瀚海，如此满目萧瑟的环境，本是无法成为树的家园的，然而，竟宿命般成了你胡杨的“家”，你竟只要一息尚存，就依然屹立，教生命延续、繁衍……

凄凉里含悲壮，
孤寂中显倔强，
胡杨啊……

2

胡杨之所以如此倔强，靠的是其拥有非同寻常的根，伟大的根。

植物学认为，根，从总体而言，是植物长期适应陆上生活进化而形成的向下生长的器官。根以吸收、输送、贮藏养分和固着主干，作为自己的“生命职能”。

别以为所有的根都隐藏在地表下，这地球上，也有植物的根以空气为家，更适合长在空气中，甚至有向上生长的根。也并非所有的植物都有根。世界上只有五分之二的高等植物拥有真正的根，有些低等植物看上去似根的东西，其实并不具备根的构造，是假根。

根的家族，由主根、侧根、不定根、攀缘根、支柱根、呼吸根和寄生根等构成。

根——胡杨的生命支柱，难道还不是其精神得以挺拔的根源吗？

胡杨的根，以深扎、撑起一片生命的绿为自己的使命。胡杨的主根深可入土10米，侧根则宛如章鱼的触须，生长范围可远达30米。胡杨的根炼就了从深深的地层吸取和贮运水分的能力，细胞不受碱水的伤害；细胞液反因其浓度较高而可从富含盐碱的水中吸收水分和养料。

胡杨更能从自己的根部直接萌生幼苗。由于根随水走，所以胡杨无形中就成了一种随河流走的植物。沙漠的河流总在频繁变迁，呈脉状细线，因而胡杨的“足迹”在沙漠中相应也就呈现线状分布。

谁还能否定一棵棵胡杨是八尺男儿呢？其实，它也一样有泪不轻弹。当然，胡杨一旦被断臂折腰，在断口处，也会溢出一股清亮的液体，犹同人的伤心泪，这就是著名的“胡杨泪”。胡杨泪经氧化、蒸发留下的白色（或黄色）结晶物，便是胡杨碱。胡杨碱是酵头发面，也是治胃病的良药。

走近胡杨，你还会发现其嫩枝上，也有密生的水一样柔情的、细柔的、脆弱的毛，紫红的梦似的披针形的花，长长的椭圆形的果。

胡杨难道还不是有梦的植物吗？

——胡杨梦委实就是绿色梦。胡杨梦，总幻变在性情独特、文采风流的叶上。

记得一位作家在散文《阿拉干的胡杨》中说，他在阿拉干一片枯死的胡杨林里，遇到过两位年过百岁的老人，他们被认为是最后的两个罗布泊人，即是两千年前建立过辉煌的楼兰绿洲文明的楼兰后人。那位叫亚生的120岁的老人说：“胡杨在我们的叫法中，还有一个名字叫三叶树。它的底部长的是窄长的柳叶，中间长的则是圆圆的大杨叶，在顶部，长的竟是椭圆形的小杨叶。三种树叶很奇怪地同时长在一棵树上，所以我们叫它三叶树。”

恐谁也难以预料的还是这三叶树所表现出的神性。楼兰人说，活着的胡杨，在整个夏天，叶子片片的色都是纯粹的墨绿，但是一到金秋某天的中午十二点，假如天上恰好又有太阳，胡杨林就似突然接到了神谕一般，所有树叶都在那一刻一下子就呼啦啦地变得金黄，满树金碧辉煌。

更令人惊异的，是在塔里木河和额河流域，千百年来，还流传着不变的对胡杨的神异赞誉，这赞誉就像佛界寓言——说胡杨是具有三条命的树，是具有三个千年的化身。

胡杨竟可活而一千年不死！
胡杨竟可死而一千年不倒！
胡杨竟可倒而一千年不朽！

——我突然就觉得“大漠孤烟直”里的烟，该是枯死依然不下岗的千年胡杨遥远的柔软的幻象。站着死的胡杨，在灼热得快要着火的嗞嗞作响的空气里，远看怎么也有资格像直直飘升的烟。死枯了的胡杨，枝干如铜铁，倔强峥嵘，依然以裸体的、空心的、干裂的语言，向沙漠发出尽量辽阔、犹带湖水清凉的呐喊。荒漠给了自己褪绿的身躯，怎能不用它来绿色荒漠？怎能不以之呼唤绿色？不为己名，不为己利，不求死卧，仍求死站的胡杨，难道不就是出征未捷身先死的大将军吗?!作为人，面对胡杨，你我只剩下了羞愧。

3

作为生命，胡杨终究还是会倒下的。甚至只有倒入沙漠千年不朽的胡杨，才更能显示淬火苦难而生后的真英雄本色。

只要绿色还不够绿色，只要沙漠依然是沙漠，即便我倒下，我仍伸出无声的手臂，企求绿叶再生。“记得有一棵树似已死了，但在树身一人高的地方，却令人感动地生出几片绿叶。”即便我连几片一张一合发言的叶子也没有，我的根，依然是铁骨铮铮发力的手指，在紧抓冰冷的流沙。面对胡杨，作为人，我只能检视对信念的捍卫，还有多坚定！

胡杨难道还不是“精神性”植物吗？而且其不乏黑色的悲壮。

精神是什么呢？

精神是对生命意义的不竭追求，是对风沙肆虐、夜色垂涎的苦难的抗拒、反击和挺进！精神是对自身价值的体认、肯定和塑造，是对绿色之梦的永不忘怀、孕育和呵护，是立正、向前、向上和无所畏惧的求索，是追寻春天鸟儿的鸣唱、珍爱中秋明月的团圆，是独立、健康、倔强和永不退缩、至死不渝的坚守。作为胡杨，这种精神还与水、与忧患、与苦难、与人类和地球村的命运筋骨相连、血肉相亲。

精神成了铮铮铁骨的化身，成了宿命的以生命创造绿的美善行动。

即便作为胡杨的我死了，而我的精神仍在雄起，雄起绿叶婆娑的血温形象。

精神——崛起于艰厄，萎靡于逸乐，我的胡杨啊！

4

如今，在中国，在地球村，在沙海，严酷的现实已使倒下千年不朽的胡杨，也凤毛麟角了。

白沙如雪。

我心忧忧。

我无法想象，在塔河和额河流域，竟长期生长过这世界上连片无边的面积最大的胡杨林。魏文帝曹丕诗句“弱水潺潺，落叶翩翩”所咏的，据考就是额济纳胡杨林深秋黄叶纷飞的景象。当时的胡杨林当然是鸟兽的乐园，抵御风沙的屏障。50年来，那里的胡杨林叶落残照，是何其神速地衰败萎缩啊；塔河下游的胡杨林，在20世纪后50年，已由38.7万公顷锐减到仅存10万公顷，栖息其间的野生动物几乎绝迹。

生命力如此顽强的胡杨，在看似强大的人类面前，在日益恶劣的环境之中，在无法摆脱的悲惨命运的掌控之下，尽管越来越少，却依然不低下头颅，依然进行着悲壮的抗争！谁能说胡杨不依然是大漠英雄、不依然是“沙漠的脊梁”呢？

胡杨啊，
依然让雪光、残月上挂树梢，
经磨历劫，立地顶天……

胡杨已沦落成生态环境江河日下的“消息树”，在今天！

胡杨一天天“倒下去”的原因，除了雪线不断上升，冰川不断退缩，更多的，还是由于人的盲目垦荒，地下水位的剧降所至……嗟呼！风沙肆虐，土地沙化，人潮汹涌，生态灾难汹涌蔓延，西天半轮残阳如血……

在无法生活的严酷的环境里苍苍绿绿地生长一千年，在无法死站的动荡沙砾里铁骨铮铮地死站一千年，在无法不朽的地方即便变成枯树，即便顷刻变成一堆碎屑，也要昂起不屈的头颅挺起不折的脊梁，向宇宙洪荒发出最后的长吼，即便短吼，也要不朽一千年——胡杨啊！

你本不该成为地球村的英雄树，然而，你却又更应该成为地球村的大英雄，更应该成为在地球村无限生长，并朝地平线那边如无边的潮水般迅速奔涌、扩展的神幻的林子……

可爱可敬又可叹可悲并可恨的雄起着独立精神的神幻的胡杨啊！

一棵棵胡杨倒下去了，千万棵胡杨站起来，如此的生命景象，如此的精神现象，在这人的世界，还可能成为现实吗……

自然笔记

自然是精神的象征。

——爱默生：《自然沉思录》

1　蓝地球

宇航员在苍凉的太空，可俯瞰到一片景象：我们亲爱的地球母亲，笼罩在一片祥和、辽阔、艳丽的蔚蓝色中。

任何现象的发生，都如英雄横空出世，有特殊的机缘。空间和人类社会，从来就没有仿如梦幻和童话意境的蓝空气；地球村，更没有长久的蓝色和平。笼罩地球的一片蓝，是阳光与空气精心协作的“魔术”。

温泉般汩动、往地球泼泻的阳光，总要与拥抱、呵护地球的空气邂逅。人类的家园——蓝地球空气茫茫，没有芳草连天、梨花千里的纯洁。不同波长的、特定的七色光波汇聚成阳光。波长较短的紫、蓝、靛等色光，在地球大气圈上层，一旦“遭遇”空气中的尘埃、冰晶和水滴等微型物质，必将“共时性”地发生类似于故居檐下雨水滴石、水花四溅式的散射、漫射，这现象，在宇航员眼里，便成了笼罩地球的奇特的蓝。

我们一直喘息在苍茫、绵厚的空气之底。暴风雨霁，我们的头颅之上，总能高悬一片穹庐似的、蔚蓝色的天空。这天穹，像安谧的、柔软的、能给人以无限怅惘的湖。在光天白日里，无论何人，都希冀能平等地生活于和平宁静、碧蓝如洗的天穹之下。倘若后羿不多事射日，众多的太阳，倒也能很匀称、很公正地团结、“悬浮”在以地球为核心的周围，其结果就是，在联袂环绕地球、长带飘飘于寒界的仙人们看来，我们的家园，就果真是一个蓝地球了……

2 “晨昏线”寓言

全人类和其他生物所依恋、拥抱的地球，总是同时承受着白天和黑夜，以太阳为中心，自西而东旋转，风雨兼程。地球，是一个具有农民式的现实、谦和、质朴及忍耐精神的球体。白天与黑夜在地球表面上的交界线，气象学上称为“晨昏线”。晨昏线，忠实地做着与地球反向、同速的运动。民谚：“三十年河东，三十年河西。”晨昏线过处，无非是白绸缎刚刚飘然过去，黑披风就急急拂面而来。沧海桑田，云去云飞。黑夜和白天，对自己体下的江山万物施行着轮回式的恩泽与压迫。

寓意犹深的是，地球并不是一只裸球，地球穿着一袭绵厚、无色且流动的空气霓裳，高级动物和其他生物，日日夜夜，全出没在宛若虚幻的空气里。阳光打在空气上，难免发生漫射、散射，因而，在毗邻晨昏线光暗交界的区域，光亮，总是毫不留情地占领一些本属黑暗的疆域，尽管这个疆域一如善恶交汇，明暗模糊，却总显现着蕴藉和幽远。晨昏线，表明明暗的分庭抗礼自始就不是平分秋色。况且，在晨昏线一侧，在阳光与地球的“切线”上方，亦是辽阔、厚实的光亮和辉煌。

“晨昏线现象”够得上是宇宙背景上的一篇“大散文”。晨昏线所呈现的大境界，确是小小寰球上任何人文和自然境界都无法比肩的。在晨昏线现象面前，人类自鸣得意的一切，不过是“小女人散文”。晨昏线现象大白于宇宙的社会意义更在于：太阳的光辉顶多只照得半个多地球。“光中也有暗，暗中也有光。”光明的底下是半个光明圆弧面，黑暗的底界则是半个黑暗圆弧面。光明（黑暗）在地球的这一面，黑暗（光明）在地球的另一面。光明（黑暗）在此处若是败退的，黑暗（光明）在彼处就是凯旋的。但是，只要地球的生命之树常绿，只要地球还有能力自转，光明就会永恒地大于黑暗。

3　包容一切的空气

她很诗化，抽象得像光，缥缈得如雾，漂泊得似水。她深远、宽阔、无色、无味、透明、单纯、空灵。她的脚步，虚幻飘忽，无影无踪。你看不见她，尽管她有重量，更有形体，本非虚无。你用手抓她，先一握，再一拧，满以为抓住了，而你的手中，却依然虚空。

她和你密不可分：她中有你，你中有她。

她成了地球飘拂的帐幕，包围、密拥着整个地球。

她是古老的，远胜于陶罐、甲骨文。当星尘凝成的地球，还是一团疏松时，她就里里外外地存在、开放、更新和发展了。她感受着时序的运转和变化，品味着尘寰的沧桑与凉热……

她同时又是年轻的，年轻得像一只方蠕出蛹壳、飞入苍茫的蝴蝶。她因流荡而朝气蓬勃，生命得以永恒；她因吐纳而生机旺盛，胸襟永驻春天。

她永远是那么勤劳，勤劳得像云水间的园丁。她乃众多气体的家园。她吸收、散射、漫射和屏障了大量的宇宙射线，送下界以一片祥和的蔚蓝。她储存海上的甘霖，输给苦旱的陆地。她将赤道的热浪，吹进冰雪的两极。她的先锋队——风，展开空茫中的彩旗，她吹白十里梨花，芳馨春燕的双翼；她拂过希望的田野，将秋天震颤得金黄。包容一切的空气，柔软的湖水，缘她而泛起梦似的涟漪；蒲公英种子，因她而摇荡在流光的天空；她是生命的仓库，给万物以无尽的滋养。没有她，飞鸟不能展翅盘旋；离开她，白云无法悠悠飘行。她教画家蘸起太阳般燃烧的色彩，她让舞蹈家有了比风更轻的追求。白云、虹霓、佛光、海市、春雷、冬雪、夏雨、秋声，飞船、海河、原野、飞鸟、蜜蜂、胚芽、叶绿素、落叶、艺术和梦，都是她怀中或虚或实的创造。天空和大地，缘她而充满了生命的轰响和辉煌。

或许，因为她是永恒的流浪者，才如此地热爱我们共同的绿色家园——地球。没有她，生命将停止呼吸，火将停止燃烧，物质将不会氧化……我们的地球，将会是一片荒凉和死寂……烈日里，地球升温成火球；月光下，地球降温为冰蛋。没有空气，一切都将是虚无。好在她无孔不入，无处不在，善解物意，随物赋形。

她的胸襟早就不止于包容一切，她“统一了黑暗和光明，统一了寒冷和温暖，统一了阴电和阳电”（高士其：《天的进行曲》）。

她的一切，都来自自身的平凡。在她的领地，最美好、最基本的品格还是平凡。她平凡到了极致！

微尘的极致是土地，河流的极致是海洋，星辰的极致是星系——平凡的极致是伟大！她是平凡的伟大，伟大的平凡。

4　蒲福风级

风的级别，可用海陆之上自然景物的“表现”予以表达：

海平如镜，“大漠孤烟直”时，谓无风，抑或0级风。海船轻摇，炊烟刚刚可表示空气动向，为1级“软风”，乃是慵懒得好似美人的风。

乘2级“轻风”，帆船可每小时风行2～3公里，陆地树叶儿轻摇。

海船微显簸动，树欲止而枝动摇，刮的是3级“微风”。微风，即苇岸在《立春》中写的“能够展开旗帜的风”。

“和风”（4级风）起兮船张满帆，行船非左倾则右倾，地面飞尘走纸。

5级风亦名“清劲风”，虽清劲，帆却得下半杆，内陆湖面水波荡漾。

强风浩荡，秦皇岛外打鱼船，一片汪洋都难见，缘于为减少受风面积，风帆已被艄公下放。看苍茫大地，细树摇晃，电线呜呜，人在雨中行而撑伞维艰，此时乃6级“强风”焉；至若沧海茫茫，白浪滔滔，世人迎风行而不便，树木根不动而全身摇，此时已是“知劲草”之“疾风”也（7级风）。8级风就是“大风”焉。“大风起兮云飞扬，威加海内兮归故乡。”可见刘邦功成名就后的凛凛威风。

“烈风”（9级）来时，屋瓦挪移，汽船航行维艰。万一10级“狂风”呼啸，汽船行动便有危险矣，大树起拔，农舍倒塌。至若“暴风”（11 级）来时，汽船航行便愈加危险，幸好陆上暴风骤雨尚少，否则人寰楼宇损毁大焉。

风进入 12 级，就成了“飓风”。多年前读过一帧油画叫《九级浪》，画中那竖壁般的巨浪，描摹的就是飓风情景。飓风起兮白浪滔天，海上船只倾覆，人或成鱼鳖。好在泱泱大陆，罕见飓风。

将风力分作 12 个等级，是英国海军大将蒲福的伟大创造，这已是发生在 1805 年的事。“蒲福风级”具有模糊性。近代以降，随着气象仪器的出现，气象学家遂想将仪器所测风速与蒲福风级配套，几番风中行动，才编出一套将现代性与传统性相结合的蒲福风级表。根据风况，还将蒲福风级增延了 5 级。

人类社会原是一个等级森严的社会。人类社会一直风声不断，而且新的级别，依然在流动产生。我们界定人类社会和自然风物的级别，无非是出于功利。技术在本质上就是最大的功利。技术的历程，就是人类深一脚踩上“理想”，浅一脚陷入“泥淖”的过程。

5　位置

南京气象学院南侧，耸立着一脉龙王山。龙王山的世界，是松树唱主角的世界。那几年，江南的油菜花已成为原野黄黄的喟叹，在龙王山上跑步、散步和做物候观测，就成了我的日课。我发现，以山脊为界，山南山北松树的生长状况迥异：山南者普遍高大、茂密，山北者多矮小、稀疏。即便同一棵树，南、北的枝叶和皮相也相应地有厚薄差异。年轮，是树干上每年形成的细胞集合体，是“树心”对一去不返的悠悠岁月的圆形备忘录和木结构式的怀念。年轮，新年圈旧岁，层次分明，形同一石投湖而激发的那组起伏不断的同心水圈。拂去岁月的苍茫，阅读龙王山树桩上的年轮，我还发现，细胞体积，南部的一般都宽大、圆柔，北部的相应地都会窄薄、硬实些许。年轮之所以被视作气候变迁、尘寰寒热的活档案，完全是由坡南坡北的光照、气温和湿度状况决定的。

“自然社会”实在是很富预示意义的。对于一棵树，生于山之南北，大可以是一阵风或一只鸟很不经意的作为，却会铁定这棵树一生的“社会”位置和生活境遇。正所谓“出身不由己，位置无选择”吧……

6　黄花雨

民间话语和文学作品里，都有过形形色色的雨。实际上，春夏秋冬，雨不外两种：一种是正常的雨，另一种则是略显异常的雨。

公元55年，今河南开封下过一场“谷雨”，不计其数的稻谷随着暴风雨自天而降，百姓不亦乐乎，匆忙自扫门前“雨”。1745年，西班牙降了一场“橙雨”，一只只橙子，随雨跌入夜，砸地响闷声。1940年，苏联高尔基州麦什契尔村，黄花雨竟曾飘落一场“银币雨”，老天爷把几千枚中世纪的银戈比白白降送给了当地村民。不久前，美国的圣迭戈尔竟然普降了一场“鱼雨”，滂沱大雨，夹带着非死即活的沙丁鱼和小鳕鱼，随风潜入夜。诸如此类的“怪雨”，在气象学家看来，无非是龙卷风的“杰作”。龙卷风，是一旋转迅猛的空气旋涡柱，其形状就像一条自云层伸下的硕大的象鼻子。“象鼻子”的卷吸力可非同一般，能够很轻易地就卷吸走一幢大楼。所谓

“银币雨”，该是龙卷风将古墓里的银币吸纳入空，御风而行，自天而降所形成的“资本转移”。

人们对若明若暗的事物，都有着秦淮河寒水烟笼雾罩的朦胧和迷幻。唯有科学，才是拨开迷信、迷幻和误区的神剑。

虹　影

虹，是另一种生命，是造化写在宽阔蓝空雨幕上的缤纷美丽，是瞬息万变的光彩生命。

虹，是天上水火相容的交响，是水火相容的预言。

——手记

1

虹，是美丽的、壮观的、多彩的。喜读虹者，我想大都是单纯、唯美抑或怀有理想主义倾向的人。

一个现代人，在大都市倘还能看到虹，是一种福祉，更是奇迹。

居住羊城逾十年，老实说，我就从未读过虹。石屎森林里，即使虹影城空，摩天大楼间，就是把脖子仰酸了，也依然看不到虹。观赏彩虹，我只能在影视上、书画上了。

而山野间童年的我，却常常被美丽而神幻的虹所迷惑。

那时候，我时常戴一顶大斗笠，仰着童稚的脸，长久地看、认真地读那静卧在山野上空被村人喊作“天弓”的虹。

当时，我发现每一条彩虹都是内紫外红的。何故？因为红光只能由较高雨滴送来，至于较低的雨滴，只能送来紫光。当然，这些气象学知识，都是我在大学读气象学后才知道的。那时，故乡的虹，大都悬生在午后的天空，彩虹起兮云飞扬，天地间总是微雨细细，雨光氤氲，若有似无。一低头，汪汪积水中，我竟也见有虹影流转。

童年的我，以为虹都是从土地里拱起而飘然升空的。那时候，我还不敢以手指指虹。因为大人说，指虹，长大后会驼背的，虹叫“天弓”哪。又说，地上的蜈蚣，背不总是那么驼吗？在我童年的天空里，虹，仿佛和地上某种东西总有莫名的感应，神性充盈。我甚至想，那虹便是地上的蜈蚣升天的。

及至青年，丰满的物事无止无息，人也总顾不上停歇脚步，仰天读虹。

中年的船没有岸。重负的中年即便偶能读读虹，所读出的，恐也多是岁月况味。

老年时至，夕阳在天。人生舟楫，早早告别了土腴木秀的春夏，急急就滑入了水瘦山寒的秋冬，人与虹，早疏离焉。况昏花老眼，又何以见虹？

岁月流金。

朝阳，艳阳，夕阳。

长虹更短虹。

虹影生灭，悄然无声。虹在天地间的表现，依然“天不变，道亦不变”，恪守科学的生灭规律。

2

科学有时反而是屠杀想象的刽子手。对虹，在未及科学认识之前，人类看虹，怎么也不可能明明白白。虹，就似一只无涯的“艺术空筐”，大可以装载斑斓的想象。

作家是多么幸运，读虹之后一转身，虹形虹色就可以跃然纸上。

“一条虹横跨在阿纳尔哈依整个天空上。它从世界的这端跨到那一端，吸收了世上一切柔和的色彩，凝固在高空里。”这是苏联作家艾特玛托夫小说《骆驼眼》中的文字。

在波兰作家显克微支小说《火与剑》中：“绚烂的一道彩虹，映照天际。这气象非凡的弧状虹霓，一头伸向伊巴里杰老城那里，一头伸向德涅斯特河的黑森林，俨然在那吮吸森林的新鲜空气。”

烂漫虹色，能来自“吸收”吗？

从气象学角度观之，虹色，并非来自“吸收”，而是阳光在雨幕上的“幻变”和“分解”。

紫金山下，夏日蒸曛、彩云满天、夏蝉如雨、雨霁虹生的某个日子，时为青年学子的我，曾斜倚校园湖畔的石椅，借气象学的“法眼”，认认真真地诵读英国诗人拜伦《唐璜》里写虹的文字：

现在天上有一道彩虹冲出了
飞散的云片，发出光辉，跨越黑海，
它的灿烂的下端搁在颤动的蓝色上；
这拱形里面的所有一切显得
比那外面的东西更明朗，这宽阔的彩带
变得像一面招展的旗帜那样宽广飘扬，
然后就成了一张弯曲的弓，
然后离弃了这些遇险者的迷茫的眼光。

它当然变化；一条天上的变色龙，
雾气和阳光所生的轻灵的孩子，
在紫色中诞生，在朱红中被泯灭，
在熔金中受洗，在暗褐色中成殓；
…………

拜伦笔下美丽、奇幻的虹，若拿科学的眼光来审视，那“跨越黑海”，似“旗帜那样宽广飘扬”，似“一条天上的变色龙”，“把各种颜色化成一种颜色”，“在紫色中诞生，在朱红中被泯灭”，等等，尽管统统都不符合科学事实，但虹却因诗人而翩翩然拱入了浩瀚的文学天空。

3

“碧云天，黄叶地”，“花褪残红青杏小”“正是橙红橘绿时”“应是绿肥红瘦”……这样的诗意词境，乃至大千世界的缤纷五彩，我们又是何以感受到的呢？

我们之所以能感受到不同的颜色，是因为客观世界所反射的波长不一的光波，进入了我们眼帘的缘故。

假如你也亲自做一次大物理学家牛顿创设的光谱实验，让阳光透过三棱镜，你同样会发现，阳光在穿过三棱镜后，波长不同的光波，因偏折率不同，原本一条茫茫白白的阳光，已魔幻般现为红、橙、黄、绿、蓝、靛、紫各色光构成的彩带。这是我们认识虹的科学基础。

“虹，日中雨影也。日照之，则有之。”此乃北宋沈括在《梦溪笔谈》中，所引用的孙彦光之语。古人对虹，凭直觉能做出如此的解释，确实殊为不易。

虹是什么？按照气象学原理，乃是射入雨幕的阳光，经由雨滴（水滴、毛毛雨滴或雾滴）折射、反射后，在雨幕或雾幕上形成的色光（偶有白色）弧段。

自古以来，虹的色彩使人漫生想象啊。

诗人北岛就有一首诗叫《姑娘》，短得只有两句："颤动的虹/采集飞鸟的花翎。"姑娘与虹，大抵是皆有照人光彩，诗人才能当上月下老人，将她们红线联姻吧。

当然，虹，也算得上是阳光和雨滴曲折而奇幻的"合作"。

与雨滴"合作"的、射在雨幕上的阳光，是齐刷刷平行的、集团无边的箭镞。每一根阳光之箭，进入雨滴的位置和角度都不同，因而，每一根阳光之箭的折射以及反射角度也相应地不同。

你不可能看见雨滴朝苍茫大地反射过来的所有色光。阳光照射雨幕，部分会被雨滴吸收、散射、漫射，甚至还有一些会穿透雨滴。

你能否看见虹，还取决于经雨滴反射过来的光波，其能量是否集中，光色是否够强。当然，最根本的还在于能否如前所述，正好射入你的眼帘。

陆龟蒙在《和袭美咏臯桥》中咏虹："横截春流架虹桥。"毛润之诗曰："青山着意化为桥。"这些诗词，当然皆是先观虹桥而后作。然此桥非彼桥，你更无法踩上去。只是，虹何以常被喻作桥呢？抑或说，虹何以总是弧形的呢？这是因为，唯有此一弧段之上雨滴反射过来的各色色光，能量才最集中，光色才最强，且更重要的是，只有这些斑斓色光，才能被人看到。

你站在大地上仰天看虹。

太阳总在背后斜斜地看你。

在彩虹和太阳之间，
你成了三角装饰的下界风景。

这是一首科学诗所表达的，是作为观虹人、太阳和虹的“三角”关系。太阳和虹，是断断不可能同时出现在你前面的。

人对虹，是永远都只有仰视，或许正因为仰视，才能最恰当地表明虹与人之间存在着距离，这也是一种美学距离。

4

生命有多种表征形式。虹，是另一种生命，是造化写在宽阔蓝空雨幕背景之上的缤纷美丽、瞬息万变的光彩生命。

天，够空渺的了，然空渺雨天之虹，能不更虚幻、更缥缈吗？虹，能彻底主宰自己的生命吗？阳光一朝消逝，抑或雨幕顷刻乌有，焉还有虹？虹，作为生命，至多只能成为一弧美艳、短暂而飘忽的自然现象。

虹，总是生了又死，死了又生。然生也悄悄，死也默默。虹的生命，何以能显示出如此的坦然乃至大悲悯？是虹万分珍视自己更新的生命吗？是虹明白自己在空溟之中尽管缺乏生命之根，也要学习大地上的花草，有生有灭，有枯有荣，前赴后继，以谢广阔、稳实、包容的大地吗？虹，竟以如此的生命情怀飘然在空渺的高天之上。

虹也有离人很近的时候。那一年深秋访美，我身罩一袭雨披，乘游船突突进入美加边境的尼亚加拉大瀑布。滔滔大水平阔奔淌，一朝遭遇高阔深崖，顷刻间就身不由己，轰轰然跳落，将生命跌落成宽逾 1200 米，落差逾 50 米的特级大瀑布。我们的游船愈近大瀑布，水雾愈密，光线愈暗，水声愈如雷震耳。水鸟如电，雾海翻飞。时值晌午，日仍东斜，雾外晴朗的天是美丽的天。氤氲朦胧间，只见西前方水雾之中，八九米高处，正拱着一条活生生、色淡淡的彩虹。这是我有幸最亲近的虹。然而，即便如此之近，人也是依然无法走入虹。阳光，娴静地、旁若无人地照雾，恍如暗"光"浮动月黄昏，风向一转，水汽飘变，那虹也就悄然无踪。若隐若现的虹啊，你才是流动、飘忽的水做的骨肉啊！

虹的生命是时间的函数。千万别以为你目不转睛死死盯住的，永远是同一条虹。阳光在变，雨滴同样与时俱变。就像你无法在不同时间踏入同一条河流一样，实际上你也无法在不同的时间里看见同一条彩虹。天上虹，宛如一条龙，存在多久很难说，能说明的，只是前赴后继的一条一条虹的生命。

作为生命的虹，命运之路总是曲曲折折的。有了光，有了雨幕，有了光在雨幕中的折射，方生虹。虹的光明前途，只能是间歇性的、短暂的。

虹的生命又是长脚的。脚是向上、前进的暗喻。"你在走，虹也走。"虹尽管有脚，然在光彩的事业中，却一直都是羞答答的小姑娘，犹抱琵琶遮面走，一直走在你的前面。

虹的生命多斑斓在夏日雨水的天空。这是因为夏季才多有雷雨或阵雨，这类局域雨范围不大，容易出现"东边日出西边雨，道是无晴却有晴"的景象，利于虹生。大雾中，水汽空蒙氤氲，阳光倘能遥遥地、斜斜地射来，霎时彩虹如练，也自在情理之中。

虹的生命表现了雨水的欢乐。空气干燥的冬季，雨少，阵雨更少，是不太可能出现“赤橙黄绿青蓝紫，谁持彩练当空舞”的。雪花纷飞时节，谁见到过虹？

虹的生命力更与阳光的强弱、雨滴的大小有关；阳光越灿烂，雨滴越大，虹的生命就越鲜艳、斑斓。倘若水滴细细如同雾滴，那就只能出现色彩黯淡的白虹。

虹与昙花相似，都是宇宙间短暂易逝的物质。我很奇异，民间有“昙花一现”之说，何以不闻“虹影一现”之语？

“花无百日红。”许是我对短暂的生命之虹太关注，我总要想起被东邻日本国视为生命象征的樱花。日本人将樱花看成短促、易逝人生的象征。盛开之时，樱花何其灿烂耶，然又能灿烂几天呢？樱花灿烂如西天片片红云，烂漫之后，纷如红雪凋零飘落，可至少花下还有汹涌的日本人潮、歌舞伎和酒乐相伴陪。虹影飘然在天，形单影只，天地寂然，又有几人关注、垂怜？

虹，有的是比樱花更寂寞、更孤凄、更短暂的生命境遇啊。

这便是宿命！

好在虹的生命，还有孙大圣一般的变身之术。气象学家说，在辽阔的天空上，彩虹一次并不只出现一条，可以同时出现两条、三条，甚至更多。想来也是，绵厚飘忽的空气包拥着我们这颗蓝色的星球，五大洲四大洋，雨幕朦胧何处无？谁说何处不生虹？只是你不一定条条皆能看见。倘若在实验室用人工光源照喷泉，又倘若光源数量不限，且线路各异，则令众多彩虹当空舞，都是可能的。

虹影处处，绝非神话。

5

阳光，不是普罗米修斯盗来的天火吗？雨滴不也是从天上飘来的吗？看着虹的诞生，你还能说“水火不相容”吗？

虹，不仅是天上水火相容的交响，更是水火相容的预言。

“东虹日头，西虹雨。”这谚语简直就是气象预言。

我们中国大部分地区都处于地球的中纬度。我们天天都可看到电视播报的天气预报。那气象小姐所指点的江山，那中纬度地区所出现的系统性的降水天气，多数都自西而东移动。虹的方位又正好与太阳相对，所以，西虹在天，则表明茫茫雨区，正滂滂沱沱、飘飘荡荡朝我们所在地移来，告示不久天将雨。倘若虹影在东，则说明雨区早已告别了我们东去，我们的天地，可谓风景晴好，艳阳高照，天明地静。

佛　光

佛光中有人的影子。

——手记

1　佛光是如此地让世人迷狂

尘世之人，对佛光素来相当关注。以“佛光”上网搜索，信息即如秋天落叶飘旋而至。网上说，2005 年 6 月 26 日，在新疆喀纳斯湖上空也突现了罕见的佛光。“是日 19 时左右，游客在喀纳斯观鱼亭旅游观光，突然发现在喀纳斯湖二道湾上空出现了一个美丽的七彩光环，直径大约数十米，甚是壮观。佛光大约持续了十几分钟后隐去。”

公元 366 年的一天傍晚，在甘肃敦煌附近的莫高山顶，一个叫乐僔的和尚在无意中看到了“佛光”，乐僔随即訇然跪下，朗声发愿，誓把“佛光”显现之地变成佛教圣地。正是受这一理念的感召，经过工匠们千余年断断续续的艺术构筑，终于成就了世界文化艺术的瑰宝——敦煌莫高窟！今天，在敦煌莫高窟第 332 窟李克让《重修莫高窟佛龛碑》的碑文上，仍可读到这一创窟动机。余秋雨先生在《文化苦旅》里也提到了乐僔“忽见金光，状有千佛”之事。

佛光竟有如此大的感召力，是如此地使世人激动、忘情。

“啊，佛光！我见到佛光啦！”在佛光面前，我亦这么喊过。2004 年新春，我和家人过成都，登西岭雪山。乘缆车穿越白雪覆盖的原始森林，越过杜诗所咏“窗含”的西岭“千秋雪”，上到海拔 3000 余米的山顶。在山顶，太阳是那么白、亮，天却奇冷，无风。导游导引我们沿山崖踏雪小心地西行，曲折蛇行，直赴据说可能见到佛光的山崖。脚下的山崖其实就像长长的带鱼脊背，崖边斜立的粗木桩便是护栏。栏外是悬崖。不知是否有什么喻示，我突然就莫名地停下来，就背负青天背负太阳，凭栏朝下看，迷离惝恍间，突然一下子就看见佛光在那里，佛光在等我。随即，琳、晴川和亭忆，也看见了佛光在那里——佛光就在悬崖下，傍着山崖，直径约莫有两米，静静谧谧，彩光流转。佛光的形成机理，我本已略知一二。然而，第一次见到佛光的我，也不能自已，竟就惊喜地喊将起来。

在互联网上，我也读到了他人在泰山因见到佛光而同样激动得迷狂的帖子。

泰山山前浓雾初开，阳光初照大地，暖烘烘的。山后仍浓雾迷蒙。明媚的阳光从山前照了过来，直射到茫茫大雾上。霎时，我的心紧张地颤动了一下，大张着嘴，因为在我双眼直勾勾地注视的前方，那前方的浓雾中，竟是一个清晰的半身人影，头部罩着一轮色彩斑斓的光环，宛如一尊如来佛像。“啊，佛光！”我惊异得跳了起来，“我见到佛光了！我见到佛光了！”我抑制不住自己，在山顶跑来跑去，然而奇怪的是不管我跑到哪里，佛光都跟到哪里，我用手驱之，佛光里的佛也伸手挥之，我的手挥几下，佛光里的佛就跟着挥几下……“佛祖真的要显灵？”……我不禁紧张起来，呆望着佛光，再不敢动弹。

2 世人见佛光的情态多与佛相悖

“佛教崇奉的不是神，却有神一般的偶像——佛。佛是觉者之义，自觉觉他、觉行圆满者称为佛。”（《白话佛经》）

而仔细考究，世人见到佛光时的迷狂情态，却存在诸多与佛相悖之处。比如，与崇无言的佛旨就非常矛盾。

相传，释迦牟尼在灵山上说佛法，静默不发一语，只是手拈一朵花，给众人看。听者之中，除摩诃迦叶发出会心微笑外，其余的人都不解其意，面面相觑。见此情景，佛祖便道：“我有正法眼藏，涅槃妙心，实相无相之微妙法门，此法门无法以语言或文字来传达，但现在，我已传给了摩诃迦叶。”这就是佛教史上著名的佛陀“拈花微笑”传法的故事，是不立文字、直指人心、尊崇平静无言的佛法之旨，也是舍筏登岸、离诸文采的佛法之源。

诚然，佛的平静乃炽烈之后的平静，不等于无声，犹同哲学家海德格尔所说：“寂静并非单纯的无声。”

世人在见到佛光时的迷狂情态与佛心是存在矛盾的。佛心与佛光一样，都具有静寂、无言和皎洁的品质。

吾心似秋月，碧潭清皎洁。
无物堪比伦，更与何人说。

——寒山

佛心的静寂与佛的平静，犹似秋月与月光下“清皎洁”的“碧潭”的关系。而人在佛光前的表现，也甚不符合佛教倡导的“柔软心”，抑或说，是与柔软心相悖。

何谓柔软心？柔软心实在是不为外界所动的心。按照台湾作家林清玄先生的说法，柔软心“可以比花瓣更美，比草原更绿，比海洋更广，比天空更无边，比云还要自在。柔软心是最有力量，也是最恒常的心”（《清净之莲》）。这是包容一切，涵摄一切的心。人有柔软心，欲念的虚火可降得温和，乃至熄灭。人呢，归于内外和洽、单纯。将两袖一甩，沐清风明月；着布履一双，读山河自在。川端康成在受诺奖感言《我在美丽的日本》中几次提及的道元禅师，据说也曾在中国求禅，在返东瀛前夕，却云：“空手而来，空手而归，只得到一颗柔软心。”然我却认为，道元禅师实在已求得了一颗大心、一颗良善之心。

日本禅学大师铃木大拙在《禅的信心》里说过：“大凡佛者，总是反观自己，不向外求。佛徒的信心总是不向外觅，只向内看。”所谓向内看，其实就是静心内视自己的心，倾听自己的心，忠于自己的心。我将这样的心称为佛的“内观心”。然而，人在佛光里的情态，有多少“内观心”的痕迹呢？

有道“平常心”是佛，平常心是道。何谓平常心？平常心是面对平常事物的朴素哲学，是名利市场中的会心微笑，是横流物欲中的宁静淡泊，是动荡困厄中的超脱坦然。平常心啊，不以物喜，不以己悲，总是平和，平顺，平静，平常。即便周遭是浮躁，狂喜，傲慢，迷茫，沮丧，恐惧，甚至陷入了绝望之境，依然能够心如止水，于无声处听惊雷，超脱羁绊而不溺欲海，知天达命又不违自然，邪不可侵却心昭日月。平常心不但是清静心，光明心，“内观心”，更是不平常心。平常心实乃一种品质，一种境界，一种积极的人生。然而，在这滚滚红尘里，大凡面对佛光之人，心中所思所想，却多是佛光能给自己带来何种好处，何种利益，又怎能有平常心呢？与佛的距离，又何止十万八千里呢？

3　佛光的出现得有难得的缘

佛光是从佛的眉宇间放射出的救世之光、吉祥之光，唯有与佛有缘的人，才能见到佛光。这是佛家所持的观点，是“定论”。佛家认定1600多年前那次敦煌“佛光”，就是“佛祖显灵”。佛光也不是你想见就能见到的。更绝非你只要站在佛教名山的悬崖边，朝茫茫雾海大喊几声，拍一拍手，佛光就会显现。

而依据现代科技的新成果，所谓“佛光”，实乃人在特定的天气和地理环境下看到的一种大气光学现象——七彩光环。

佛光的出现是人和自然抑或是主观和客观条件的偶然巧合。

的确，佛光出现时少不了要有观察者——人——在场。因为佛光是进入人眼的七彩光环。我们能够看到佛光，是因为阳光经过了前面的云雾作用，被分解成的七种色光进入了我们眼帘的缘故。

或许这种七彩光环许多地方都能出现，然而，倘若无人看见之，便不可说有谁看见了佛光。这七彩光环也可能只被鸟类看见了，然而，鸟儿又如何知道眼中的是什么光呢？所以，我们无法将这鸟儿眼见的七彩光环说成是佛光，何况这七彩光环中也没有“佛”，只有鸟影。我认为，七彩光环中有佛（人影）是佛光成立的必要条件，唯如此才说得上是以佛为尊，以人为本。顺便说说，我在飞机上朝舷窗外眺望时，也曾看到过七彩光环，但由于光环中没有人影，连飞机的影子也没有，因而，我便认为那不是佛光。

佛光显现之时，在你的前面，必须有苍茫云雾或弥漫雨滴。在佛家语里，水是佛心的象征，佛光本身就是缘水而起的，缘这雨滴，这云雾。正是因为阳光能够打上云雾或雨滴，才能对阳光产生色散作用，将阳光分解成七种色光，继而向人和太阳方向散开或汇聚而进入你的眼帘，从而使你能看到红光圈在外、紫光圈在里，从外到内依次按红、橙、黄、绿、青、蓝、紫之排序排列，以及光环中间有“佛”（人影）——实际上就是观测者自己的影子的佛光。

你看见佛光时，必然是太阳正朗照着你的后身。何故？倘若没有阳光，你眼前便无法出现由于阳光在云雾或雨滴上发生散射、折射而形成的七彩光环。尽管佛语里的“色”包括了人，还有其他一切存在的东西，然而在这里，太阳却是唯一的“色”源。

许多科学家力求揭开佛光之谜。有位叫赖比星的大气科学学者为了弄清佛光的形成机理，屡次登黄山，上峨眉，历经磨劫。1999 年 12 月 22 日上午，时值隆冬，他始终徘徊在峨眉金顶舍身崖附近，云雾在崖下山谷中已朦胧三个多小时了。阳光和暖，时空迷蒙。突然，在他的眼前，佛光悄然出现了，他也情不自禁地高喊了一声……正当他转念想对着佛光挥手时，恰有淡薄的云雾从他身侧弥漫而过，朝光环弥漫游移，他定睛一看，那七彩光环中的“佛影”，马上就由一个，变成了交互游移的多个——这不就是乐僔“忽见金光，状有千佛”的景象吗？

这表明，当天地间有阳光，有云雾，有人，而人正好置身于太阳和云雾之间，并且三者恰好处在同一条直线上时，作为观测者的人就能看到佛光。由于此时，人是正对着光环的圆心，所以，圆环弧上的七色彩光便都能投射入人的眼睛，使进入人眼帘的佛光是圆的。而虹，则犹同爬上来的半个佛光也。虹之所以看上去是弧形，盖因阳光、雨滴和观测者并不是在一条直线上，被人看见的只是前上方的雨幕投射过来的七色彩光。

重轮叠影印岩腹，非烟非雾非丹青。
我与化中人共住，镜光觌面交相呈。
非云非雾起层空，异彩奇辉迥不同。
试向石台高处望，人人都在佛光中。

这一首律诗《光》，据云是宋代诗人范成大专咏佛光之作，被有的人认为是科学诗。通过比照前述佛光产生的主客观条件，我们还能认为其是科学诗吗？

《涅槃经》云：“欲识佛望，要观时节因缘。”借佛家的缘之说，我以为佛光的显现委实靠的也是一种缘。离开了难得的、特定的缘，佛光就无从显现。缘是什么？就是人与自然在刹那间达成的和谐，就是阳光、云雾与人的互相依存、互相体贴达到了恰到好处，就是造化对美幻的偶然垂青。由此，谁还能说看到佛光不是幸运，不是福星高照呢？

若有缘，你在月夜也能够看见佛光。月光本为月球反射的阳光，尽管月光没有阳光那么光亮。月色溶溶夜，如果上界空气澄明清洁，下界云雾迷离，只要你的眼力够好，只要作为观察者的你能与月亮和云雾，同时满足位于同一直线的条件，你就能看见佛光。这月夜里的佛光，比王维的佛理诗境更静谧、更神奇。

佛光啊，你的显现可以说是如蜀道之难难于上青天的，难就难在这缘并不是那么容易出现；佛光啊，你的显现难道就不可以说是容易的吗（峨眉山平均五天便有一次佛光显现）？倘若具备显现的条件，倘若有缘。在这地球村，在这人寰，任何事情，只要有缘，只要条件成熟，千年的铁树也要开花，万年的枯枝也能发芽。正因为有了一份缘，张生与崔莺莺在普济寺在西厢命定就要发生已成飘逝绝唱的爱情故事；佛光显现的缘，与尘世间有情人相识相知之缘，又何其相似乃尔！人海茫茫，熙来攘往，多少人擦肩而过，有人终其一生无缘得遇相知，然而有缘人，却只需要那么一次邂逅，就如红楼宝黛，宛如五百年前就似曾相识；本来人与人的认识得经年，乃至一世一生，可有缘人的相识相知却只需要那么一瞬，她仿佛就天然读懂了他，而他也命定就发现了她，且仿佛为此你我都曾在佛前祈求了五百年……

4 佛光的美乃复合神幻之美

佛光呈现出色彩缤纷之美。佛光，仿佛是由千万只蝴蝶的翅膀与翅膀相挽而构成的圆环。蝴蝶翅膀不尤具七色迷离光彩闪烁之美吗？不拥有彩虹一般的斑斓美丽吗？

佛光具有令人惊艳之美。佛光的显现，事先并不贴告示海报，也没有一点预兆。美艳至极的佛光犹同不速之客，突然就出现了，不是令人吃惊得迷狂吗？

佛光具有宁静之美。佛光在一片宁静中出现，仿佛已静静地等我经年，犹同上天的安排。佛光还将自己的宁静融入了茫阔无边的宁静。

佛光蕴含知足之美。佛光不会“与时俱进”扩大自己的地盘，扩大自己的势力范围。这倒令我想起一个与戒语“知足”相关的故事。相传，悟溪禅师在年轻时与众僧远足修行，日夜兼程。一天，走到琵琶湖畔。是日赤日炎炎似火烧，见到一泓如此的好水，僧侣们纷纷脱衣解带，“扑通”“扑通”跳入湖中，唯有悟溪心神笃定，心满意足，蹲在湖边只是用毛巾蘸蘸湖水慢慢地抹身。众僧劝他下水，悟溪却说：“湖水虽多，但属于我的有限，应该多留给子孙，以为润德。”如此的知足之美，不属于道德之美吗？

佛光保有的圆满之美，鲜明在佛光的形状上。圆啊，你是那么对称、和谐、自然、饱满，你这至美之状，曾得到过多少哲人、诗人和作家的讴歌！古希腊毕达哥拉斯说，平面中最美者为圆圈，立体中最美者为圆球。阴阳太极图不就是著名的圆吗？中国古诗文更是不乏崇圆的诗句。“中有清圆句，铜丸飞柘弹。”（苏轼：《新渡寺席上次韵欧阳叔弼》）“天体至圆，万物做到极精妙者，无有不圆。圣人之至德，古今之至文、法帖，以至一艺一术，必极圆而后登峰造极。”（张英：《聪训斋语》）意守丹田，即意守一个圆心。坐禅，不就是人体近似地团成一个圆吗？修炼到家则为功德圆满。而佛光则以自己的圆满，与佛天然相通、相融焉。

进而观之，佛光之美当然还是和善的。温和悄悄显现于阳光下的云雨，美善默默出现在观察者的跟前。和而不先声夺人，美竟不灼人眼目。熄灭欲望，不挪揄方物。启示无良者不多端作恶，宁静解脱，去恶从良，洗心革面；教育“强盛者”罢单边霸权，改邪归正，立地成佛，博爱众生。佛教是所有宗教中最和平的宗教，是最倾听人心的宗教，慈眉善目的宗教。

佛光的和善之美，与佛旨是多么圆融，多么和谐！谁说佛光只是智慧之光呢？

佛光之美更存在隐约性和模糊性。《蒙娜丽莎》的微笑因为隐约，因为模糊，依然被世人不断解读。国画大师吴昌硕先生就说过：“写佛不能如花卉之头头是道。”意谓得模糊。或许，佛的面目本来就是无法清晰的。据传，在日本禅学大师铃木大拙的佛堂里，供奉过一尊释迦牟尼佛，是来自印度的古董，已全身俱黑，面目模糊得无法分清五官了。学生问老师：“您为何不供奉一尊新佛像呢？这尊佛像已经没有面目了呀！”铃木大拙没有正面回答学生，却反诘道：“你认为佛应该有什么样的面目呢？如果你真正进入了佛的门槛，你就知道佛并没有一定的面目了。”唯具隐约性和模糊性的美，才能永葆神秘品格，方是恒久的大美，犹同这佛光。

佛光永远是别具一格之美，甚至是令众生烦恼之美。

> 菩提未成佛时，以菩提为烦恼。
> 菩提成佛时，以烦恼为菩提。
>
> ——释迦牟尼：《仁王护国经》

或许，在佛光面前，正是众生心存佛光可带来“一生好运”等世俗之想，心存些许有悖佛性佛理之思之举，这佛光才反而显得更神幻，更真实，更美。

5 佛光是光彩在山野间的神话

“神话是描述神灵及其跟神灵关联的人物的故事。”（刘城淮：《世界神话集》前言）佛光是不是神话，在于佛光是否具备神灵的品格。

佛光在民间又被称作“摄身光”。摄身光，不就是神灵独有的光吗？

佛光与神灵一样具有超现实性。佛光不是偶尔出现的、神异的、超越庸常生活的光吗？

佛光和神话一样都能给人以美幻、神奇的想象。有一个美洲印第安神话，说上古时夜是很短的，有一个叫阿瓦列乌波的男人，为了多跟妻子温存，希望夜能长一点，遂向妻子求援，妻子说：“向我父亲把夜的线要来，就可以把黑夜拉长了。”老丈人交给他两个线团，对他说：“这一团是黑夜的线，那一团是白天的。没进家门以前，别打开。”阿瓦列乌波临近家时，终于忍不住打开了黑夜的线团。刹那间昏天黑地，他摸不着回家的路了。他大声呼救，求村人点灯过来，可谁能听到他的声音呢？他只能变成一只夜鸟飞走了。从此，黑夜便变长了。这是多么美幻、神奇的想象啊！而在民间，佛光不同样令人心生幻想和想象吗？

佛光是那样诗性恒定葱茏。作为神话，尽管佛光的显性和隐性的内涵我们未必能完全体味，然而，每一次佛光都必定是美善的，鲜活生动的，并令人心生希望的。这，还能不是青葱、独特的诗吗？

说佛光是神话，还在于佛光也姓佛，与佛具有血脉联系。佛光，丰满了佛的神灵特质、神性建构，创造了迷幻风景，以一笔一画写就了光彩在山野间的美丽神话。

何况佛光也似有人性，更是离不开人的参与和发现的。所谓神话，不就是人性的投影吗？佛光与民间，与拯救，与苦难，不同样建立了犹同阳光与万物一般的联系了吗？

倘若你有爱，佛光会伸出一千只手成就你；
假如你有难，佛光会伸出一千只手拯救你。

其实，无论你是谁，只要你在山野间一看到佛光，你就同时也成了神话故事中的风景，成了与神话连体的传奇……

6　佛光缘何让人产生流水式移情

在西岭雪山，在面对佛光的当儿，尽管理智告诉我，并不是真有佛光笼罩你，这只是虚幻的镜像，佛光只是大气光学现象，但在情感上，我却并不情愿这样认为。人们都相信，佛光照临，将会有好运……

这是将情感以及行为，自愿地投移到佛光上去了。

我相信，凡是见到佛光的人，在那一瞬间，都会发生如此的“移情作用”，朝佛光移情。

之后，这移情作用便会延续，比如，表现为行为艺术。乐僔和尚见到佛光后的作为，不就是行为艺术吗？

然而，产生这移情作用的背景和缘由又是什么呢？

——是因为太相信民间所说，见了佛光会交好运吗？

——是因为对佛光的认识，在民间业已形成了电场、磁场一类的“场”，而总在驱使人欲见佛光，在佛光面前“参与一种梦幻”（罗兰·巴特）吗？

——是因为在见到佛光的瞬间，人的许多束缚都在毕剥解除吗？

滚滚红尘，苦海茫茫，人总囿于种种困厄。论飞，论跑，论体力，论游水，论寿命，都比不上许多动物。总感人生苦短，苦海无边，现实与理想存在距离。总困受因果、业力、欲望和无知的束缚。这些限制，总教人急切地思想解脱，向往彼岸，以求“好运”，希望痛快，狂喜忘情，进入迷狂状态，即便羁绊丛生，即便虚无，即便美好只有那么一瞬。

——是受美的大感召吗？佛光何其美啊！审美冲动乃至忘情本是人固有的天性。

——是出于企望超越庸常生活吗？谁甘愿拥有庸碌无为的凡尘生涯呢？

——是由于佛性的感召吗？佛性不就是神性吗？佛光在世俗眼里，可是佛之光，神之光啊；是佛光带来的无边好处已在希望之中，一时不能自已吗？

——是因为见到佛光是如此不易，机会是如此弥足珍贵吗？

如此的移情，如此的迷狂，的确都是因心而动啊！贾平凹先生在《树佛》一文中，也因情动心，竟称柿树为佛，认为是“孤独使柿树饱尝了苦难，苦难中终于成熟，成熟则为佛……佛以树而显身了”。

佛书上说过：“水，同样也象征着佛心。”一位号如水的东瀛人更是这么论水：能自己活动，并能推动别人的，是水；能经常探求自己方向的，是水；遇到障碍物时，能发挥百倍力量的，是水；以自己的清洁，洗净他人的污浊，有容清纳浊的宽大度量的，是水；汪洋大海，能蒸发为云，变成雨、雪，或化而为雾，又或凝结成一面如晶莹明镜的冰等，不论其变化如何，仍不失其本性的，也是水。（《禅》）

面对佛光，人啊，你如此地移情，不也宛若是水在流动，是自在、自适、自然、自动和自如地在流动吗？

7　佛光其实也无法主宰自己，也身不由己……

我原以为，既然有佛性，佛光当能主宰自己的命运。然“无常者，即佛性也”（《六祖坛经》）。原来佛光的命运，竟也是那般无常。

说佛光命运无常，至少具有如下黄黄紫紫的理由：

其一，是因为佛光的生命短暂。谁也否认不了佛光只是造化短暂的微笑，宛如尘世薄命的红颜，犹同夏夜一现的昙花，抑或像爱情终是一个时间的名词。谁见过长命百岁的佛光呢？佛光又何时掌控得了自己命运的短长呢？

其二，是因为佛光的生命中只能承受的“冷”。你别只看佛光所分解的阳光是白亮温暖的，你更要明白佛光的所在不是云就是雾，甚至还可能是飘浮弥漫的冰晶，是冷僻的所在，是寒冷的山崖，是不胜寒的高处……尽管佛光能分解阳光，阒阒静静，然而佛光却总在承受苍茫的寒冷，苍茫的幽幽冷冷。

其三，是因为佛光不经风。风是什么？是看不见的浩荡的柔软，是抓不住的力量的强大，是挡不住的无色的流动，是说来就来说去就去的无常。你正在静静地显现了是吧，好。然而风来了。云哪雾哪顷刻就无影无踪，佛光安在哉？无法站稳脚跟的，是你；轻浮得比风还轻的，还是你。你的命运，掌握在风的手里。

其四，是因为你只能这么单薄，这么卑微，这么孤单。是的，尽管佛光你有一圈辉煌，令世人仰望，教世人移情，然而你强大得了吗？你的圈中，怎么也还得有人的投影。纵使再厚，你也只能厚成这么一小圈，孤独的一圈，你即便显现了，又怎有力量张扬呢？新疆喀纳斯湖上空能显现较长时间且直径数十米的超大佛光只能是佛光的特例。你无法出现佛光团队。在这尘世，卑微者的命运，唯有无常。

其五，是你的显现颇具偶然性。“我们从何而来？是谁？往何处去？”《涅槃经》：“欲识佛望，要观时节因缘。”你能否显现无疑永远取决于是否有缘。大自然的最高境界，或最美好的状态，就是和谐。然而，和谐永是偶然，无常才是必然。你的显现何时必然得了呢？

其六，还是更重要的，是你根本就无法自主自己能够显现的位置，更遑论自主出现了。谁人不追求地位呢，在这尘寰。就别说你身前身后是一片空茫了。即便你有了显现的位置，也还得依赖云、雾，依赖太阳，依赖被人发现，依赖正好是“三点成一线”。夕阳西沉，夕烧满天时，倘若佛光能显现，佛光的位置，可以比人高，可以比人低，也可以与人等高。佛光的高度，与人站立所在的海拔高度有关。太阳升起以后，佛光多数立在人的下前方，当然，若人是站在高山之巅时，佛光也可能立在人的上前方或正前方。我所见到的西岭雪山的佛光，不就是我唯有凭栏才能俯视吗？我们不妨推测当年乐僔和尚看见佛光的图景：他当时应是站在沙山莫高山顶的，也就是后来山体前部筑起了九层楼的那山顶，因是傍晚，太阳还比人略高，太阳光线斜斜地直射在乐僔的背上，也直射在乐僔正前方山下的杨树林上，真得感谢当时的生态环境，空气中还能水汽充盈，空中还能云雾弥漫，于是，因了云雾对阳光的作用，天造机缘，天遂人愿，乐僔居然“忽见金光，状有千佛”了——启动构筑千古文化艺术瑰宝的佛光便出现了！

今天我已笃信，凡是与佛光有关的人物和事物，在客观上早已联手构筑成一个深厚、伟大、美丽而且神秘的寓言……

含羞草

羞涩愈来愈成为这个尘世不可或缺的品格。

——手记

1

羞涩不是女性的专利，即便是多年生草本植物、豆科的含羞草，也会表露出羞涩。

你只要轻轻地触动一下含羞草，它的身子就如情人初拥触电般颤动，原本舒展开放状的羽状复叶，霎时就闭合起来，随即低垂下去，俯首低眉，一派“害羞”之态。

含羞草何以会如此“害羞”？

原来，叶子被触动后，叶柄基部由薄壁细胞构成的水鼓鼓的“叶枕”里头的水分，立即如人体血管里的血液，朝上部和两侧流去，导致叶枕的上部像打足气的皮球那般鼓胀，而下部却像泄气的皮球般瘪塌下去。这样一种细胞紧张度的改变，随即导致了叶柄的垂落、羽状复叶的合拢，使含羞草露出“羞涩”之态。

含羞草如此“羞涩”的生理反应，与它的“家庭出身”有关。它原本生长在美洲热带大风大雨常如不速之客的沙漠地带。每遇暴风雨，只要叶片闭合、下垂，叶片遭受风雨打击的面积就会随之减小，躯体亦会减少雨水的冲击，植株被轻折的情况也会减少……长期的进化过程中，凡养成了如此“羞涩”之态的含羞草便生存了下来，并使“羞涩”的生理反应作为对付恶劣尘世的“护身符”得以世代传承。

即便如此羞羞涩涩的含羞草，身材依然娇小，植株一般高20～50厘米，顶多高达1米，茎基部木质化，总披着长而软的毛、尖锐的刺，2～4枚羽状叶片成手掌状排列，抗热性强而耐寒性差，喜成簇生长。含羞草的外形虽然说不上光辉灿烂，却自有不畏风霜雨雪的柔韧和妩媚。

如此独具女性气度的含羞草，其表现的羞涩，果真只似《现代汉语词典》阐释的“难为情，态度不自然”吗？难道就没有更深广的内涵吗？

2

我以为含羞草那般的羞涩，已成了人性中除了爱之外最为纯净、柔软和美好的部分。羞涩是良善人品的自然流露。

羞涩不只是一种表情心态，更属于人之天性的柔媚，内心的谦卑、纯真、朴实和善良，是人最美好、最动人的情态和品格之一。

含羞草那般的羞涩，承载着大自然特定的秘密，可以抑制无疆的欲望，同美与善，总是和谐一致，是灵魂深处尚未被污染的花园，是中秋夜圆月悄然洒落下界的月华。

羞涩亦是春日天上柔和的云朵，夏日拂面柳枝的清凉，秋山一脉明净柔软的溪水，雪天屋内忽明忽暗的炉火，是徐志摩以《沙扬娜拉》动情吟咏的女性那最迷人的一低头的温柔。

羞涩还是尘世难得的内心真实，是情感湖泊浮现的莲花。谁说女子含羞，不是以情态言说自己的温柔、自己的妩媚呢？

回眸一笑百媚生，媚中自见羞涩在；相爱需逢含羞目，知音自爱含羞花。最教人难忘最让人喟然长叹的，还是半遮半掩半低头的含羞之态。

只是这羞涩，骨子里就一点儿不蕴藏紫色的忧伤吗？就只是闭月羞花的羞涩吗？

羞涩，就不能是个体有杀伤力的武器吗？

何况，这羞涩与温柔相较，总比温柔要多一分动人；与动情相关，却又比动情含几许理智。

羞涩固然多属于女性，尤属涉世尚浅的青春少女。她们以纯真素面红尘，脸颊上泛出的是最展示自己美质的红晕，这是人间最珍贵的含羞花儿。

谁说不是呢，世间那些知礼识义、妩媚优雅、美丽温柔的“含羞草”，难道不多是总含羞涩之心的女性吗？

含羞草，那含蓄的小小的花，那轻轻的浅浅的羞涩，不一样犹抱琵琶半遮面吗？一直在映衬着女性特有的羞涩吗？

3

羞涩的含羞草只拥有紫红、粉红的小花球。含羞草总是以小小的歌喉，在那么轻轻地唱，自顾自地唱，在这穹庐下，在这月光里。这小小的含羞之花哟！

如此独特的花，纯粹的花，由宛若青春少女合唱团那般羞涩的花序集合而成。你只要俯身近前细瞧，就能看到花球上每一个小小的单位都有小小的四裂的花瓣、小小的四根雄蕊、一枚雌蕊。有了如此成批的小小的单位，才能构成一朵花。

这花呢，在羞涩中，在静静的光阴里，也能成为果。每个荚果3~4节，披毛，每荚节有一颗种子。种子一俟成熟，就慢慢地、静静地扑向大地母亲的怀抱，留下节间空空如也的架子，一如闺中女子羞涩的期待。当然，如此的期待，总难免存在妩媚的孤独。

诗人雪莱在《含羞草》里，是那么深情地吟咏过它的孤独：

> 在花园、田野，在荒郊，
> 已没有什么像孤独的含羞草……

其实，长期被冷落的含羞草的叶子，即便只是一片叶子，一旦被“撩拨”，所产生的生物电旋即能将刺激扩散至其他绿叶，教整株含羞草的叶子依次“害羞”，恰似集结成团队，一时脱离了孤独。诚然，随着刺激效应的渐次消散，不多久，叶枕下的水分一充盈，含羞草又能回归常态——孤独。

含羞草受外界刺激而生的如此的羞涩反应，生物学家称之为感性运动。

啊，含羞草，你的类似于人的感觉知觉的感性运动，你的这种在长期的孤独中进化而成的羞涩——以柔弱克刚强的情态，我以为反成了你表达思想和尊严的特殊形式，你的一切尽管有些含蓄，然却是个体的，是个体的柔弱的生存哲学，然却完成了自己孤独的形象塑造。

含羞草的羞涩就像平原上的雾一样，是难以克隆也难以假造的，而且，含羞草正是依赖自己孤独的羞涩，向世人申明：

美，并不仅存于那些灼人眼目的诸如牡丹、蝴蝶兰一类名花身上，也同时存在于含羞草这些小花小草之身，甚至成为它们的立身之根……这在某种程度上，也反映了世俗生活的忧伤，真是旷世的忧伤！

一个人的脸皮如果愈来愈厚，灵魂又冷又硬，羞涩也只能离他远去。

假若含羞草万一失却受人类敬畏的羞涩，它的生活就必然会陷入沙漠一样的冷漠，娇嫩的身躯也将无法承受尘世的苦雨霜风……

含羞是含羞草的身份证，羞涩是羞涩者的护身符！

马兰，马兰

世上本无害虫，也无罪恶的植物。

——手记

七月，我来到了内蒙呼伦贝尔大草原。旅游车经过一望无际的绿草稀疏、沙石干燥的荒地，时见一簇簇、一丛丛绿油油的兰草似的草，正疯狂地、汪汪地绿。“这就是马兰!”女导游突然高声说，“在大草原，只要马兰出现在哪里，哪里的土地生态就会恶化，就离沙化不远了。”

马兰，似乎不仅是土地沙化的前兆，更是生态恶化的罪魁祸首。

马兰果真是如此的“问题”植物吗?

我专门查阅了有关马兰的资料。马兰别名“马莲”，鸢尾科，鸢尾属。叶基生、宽线形，长可达50厘米，宽4~10毫米，呈灰绿色，花茎高约10厘米，开2~4朵花，4~6月开花，花呈浅蓝、蓝色或蓝紫色，花期50天左右。蒴果长椭圆状柱形，长4~6厘米，种子成熟于9月。这只能是植物学辞典式的知识。

马兰并非草木一秋的野草，而是多年生宿根植物。

马兰是对土地要求甚少的植物，从不择地而生。土地贫瘠也好，恶劣也好，马兰都能安身立命，疯狂地生长，表现出异乎寻常的、旺盛的生命力。

马兰不奢望天降丰足的雨水，天生就是极为耐旱的植物。即便庄稼树木都干旱死了，马兰仍保有绿的本色。马兰是自食其力的植物。

马兰还是叶子奇异的植物。

我下车踏上草原，慢慢地在马兰身边蹲了下来。墨绿色的叶子修长而光滑，长而密，犹同绿带状的烟花，从底部向天上蹿去，喷射开去，美丽地散开。一簇簇叶子成就体系，围成独立的草的单元。我手摸着马兰的叶子。这是似韭菜，更似兰草，却比韭菜和兰草远要厚实、远要硬朗的叶子，你能感觉到叶上有滑滑的、厚厚的腊质。这叶子极带韧性，非常地坚韧——植物中罕见的坚韧的叶子。我尝试着拉断叶子。我紧抓起一把马兰的叶子，然而，尽管我几乎用尽了力气，也还是无法拉扯断这把叶子。我改而一片一片地拉，才好不容易拉断了一片叶子。导游说，马兰无法做牧草，因为韧性太大，太结实，牛羊难以咬嚼，更无法吞咽。马兰只能做绳索——晒干后搓成的绳子非常结实，尤其适合捆绑笨重的东西。

天上落下土地的雨依靠天上的太阳晒干，
被刀割下的马兰反要用马兰的叶子来捆扎。

马兰自然是根系极端发达的植物。马兰的根，粗、壮、密、长而且结实。

你是知道树根的——而马兰的根，除了也是从土壤中吸收养料、矿物质和水分，供应植物生长需要的器官外，我以为单其入土的深入性和牢固性，也完全可与一般的树根相提并论，甚至甚于树根。你想要连根挖掉一簇马兰，那可真是费劲的事，因为它的根不只是扎得太深了，且还坚韧异常。在呼伦贝尔大草原，牧民总是用马兰的根制成刷锅的刷子，这刷子非常之坚固耐用。我想，正是有如此的根，正是有如此坚韧的、频遭干旱、风沙和践踏仍能不违时令抽出新叶、岿然不动的根，马兰才成其为马兰！

如此的马兰，其生命力还能不顽强吗？上网，我读到了这样的文字：

> 年复一年，马兰已长成了很大的一蓬。从根部看，一丛马兰的直径竟可宽逾一米。
>
> 你若钻到马兰叶丛里，你若躺下，你即便在那颇具柔韧性的床垫一般的马兰叶子上来来回回打滚，无论你怎么翻滚，即便还揉搓，绿汁也不会沾上你的衣裳……

如此的马兰，还能不是奇异的、富有诗意的植物吗？

马兰，只要你念叨“马兰”，你就更能体味“马兰”这两个汉字所包蕴的无尽的、葱郁的诗意。何况一个“兰”字，还赐予了你雅逸妩媚的感觉。

马兰可是姓“马”。马儿啊，你总是令人想起蓝蓝的天上白云飘，马儿在白云下面开满野花的草原上跑，还令人想起蒙古长调、马头琴和勒勒车，想起旷阔得望不见边的大草原……

年年暮春，总会有紫色的花茎从马兰那长条形的叶子中间慢慢地蹿上来，茎顶上的花儿，总是默默地绽放。这马兰花，不但静美，还可以做成哨子，可以发出柳笛一样呜呜的声响，也可似鸟啼一般水亮、清脆……只是那断断续续的声音，给人的感觉有时会有些儿一扭一扭的，响入暮春的天空。

其实，马兰或许就是该长在敕勒川，而且也该长在阴山下。在穹庐下，在蓝天白云下面，紫色的花朵开入辽远无边的草色，开入苍茫——这可真是既妩媚又苍凉的草啊，能够抬升美学意义的草啊！

一五六，一五七，马兰花开二十一……

面对马兰，你怎么也无法让它与荏弱沾上丝毫的干系，你无法想象它会有瑟抖入微风的花瓣，更无法教你心生怜悯。它没有冷艳之姿。面对马兰，你无法发出人间尤物易逝的惋叹；“幽兰露，如啼眼，无物结同心，烟花不堪剪”——你又怎么会生发出如此满纸涕泗的情绪呢？

如此的马兰果真会有强烈的“排他性”吗？在这尘世。

土地沙化难道果真是马兰的过错吗？没有马兰的土地就不沙化吗？在这人间。

罩在马兰身上的某些“论调”，难道不是不实之词吗？

马兰花，马兰花，风吹雨打都不怕。

马兰难道不是无辜的吗？

其实，马兰长在这地球村，它只是也只能是按照自己的生长需要和生长法则而生长，它无法不希望自己即便在最恶劣的地方也能生长得很好，无法不希望自己的生命力越强盛越好。更重要的是，它的一切“言行”都源自自己的秉性，顽强的、依据生命规律的秉性……马兰是如此，其实，又有哪一种植物乃至所有生物，不是如此的呢？

何况还有适者生存、自然选择的伟大法则。在同样恶劣的生存条件下，在不是所有生物都能生存的地方，唯生命力强者，能适应自然选择者，才是幸运者，才有资格成为强者的自然定律。

马兰也好，其他自然物也好，对之的评价，同样也应是大可以有各种标准的，绝不能自以为人类的看法就是唯一的，就是绝对真理。

我们或许只能说马兰是奇异的植物，是犹同制作鸦片的美丽的罂粟，抑或只能说马兰是双刃剑，是阴阳脸，何况其间还包蕴着无尽的来自土地之母的训示。

> 他留下了一个帝国的心跳和北纬以北的天空，
> 留下了五百名月光下颤若马兰的后妃……
>
> ——阳飏：《成吉思汗之死》

马兰命中注定是永远也入不了花圃的，也上不了富贵人家精致的阳台。

其实如此，马兰反而才显得更加伟大、顽强、智慧和奇异，才更成其为马兰！

根

流水是向前的，没想到也是向下的，根呢？

——手记

根的世界是神奇的。有位植物学家做过这样一个实验：将一株黑麦栽种在一只大木箱里。在黑麦根系最发达的时期，即麦穗风中扬花之时，拆散大木箱，洗去黑麦根上的泥土，这株黑麦的根系竟有 1400 万条之丰；这些根连接起来，延绵 600 千米，等于北京到锦州的距离；若将这些根上的 150 亿条根毛相接，竟可达 10000 千米，相当于北京到巴黎的距离。

根，总是坚定的，也是坚忍的。生存在土地里，尤其是石缝中的根，在我的想象中，肯定会感受到挤（也许还该感谢这挤，成就了立场坚定不移的根），甚至会感到比那踩死朝圣者的“哭墙”前的人群更挤。在实验室，我读过一幅染红的玉米根尖的纵切面照片，那可真是令人心痛的幼嫩，而且娇嫩。我无法想象在如此挤的环境里，孱弱的根是如何呼吸，如何生长的。

在根的周围，那拥挤的领域，还是虫豸出没的所在，是没有月光、白云和天空的所在。

春雨润物是寂静的，根的伸展也应是寂静的，但这是与凄冷相连的寂静。我曾长夜独居深山，那宽阔无边难耐的寂静，覆盖着你，拥护着你，简直在咬噬你的心。根总是朝土地深处的寂静，深渊般的寂静义无反顾地扎去。

要命的是今天土地深处的根，比远古农业文明时代的根，得额外承受人类污染的“关怀”。树冠上的天空，已不清不明，即便清明时节，纷纷的也不再只有雨，还多粉尘。想来天上嫦娥的缟素云裳，已改变颜色。仅墨西哥一个国家，每年向大气中扩散的白色粉尘就达43万吨，纷扬如雪。这些“雪花”总要降落苍茫大地。弥漫天空的还有二氧化硫、氮氧化物、亚硫酸酐等有害有毒气体。纯洁的雨水遇上它们，就像贞女遭遇了奸污，只能变成酸雨。粤、桂、蜀、黔，已成了中国西南、华南酸雨区，十雨九酸。谁料哪一天地球上还可能五大洲四大洋酸雨同时落，出现“酸雨大会师”，全球飘摇“凄风酸雨”也未可知。这些酸雨，霏霏，滂沱，迷离，最终都会降落至既无遮拦，也不设防的开放土地，而侵入根。

根，却总是心甘情愿地、默然地承受着一切。任凭风吹雨打，任凭王谢堂前燕飞入谁家，任凭天下大势如何分合，任凭黄叶百年是否归根，都心甘情愿地承担着一切。

何况土地里处处是黑暗，这是根无法逃避的黑暗，是与“黄昏到寺蝙蝠飞”后土地上的夜不同的不柔软的黑暗，是坚硬如蝙蝠翅膀的黑暗，是即便给予你黑色的眼睛也无法寻到光明的黑暗，但这又是沉默而宽容的黑暗，如“天地有大美而不言”的黑暗，也是复杂的黑暗。

也非所有的根都是黑暗里的工作者。譬如那无土栽培之根，即用沙砾等物质代替土壤，而将植物的根部泡浸在含有植物所需的无机盐的营养液里。被诗人誉为“生命进行曲”的南国榕树的气根，一直裸露在空气里，摆动在湿润的空气中。那天爬越秀山，我长久地凝视那如同痛苦的手指紧紧地扣着、抓着石头缝隙的榕树的根，想了很多，很感动。这些暴露在空气中的根，一天之中依然有大半光阴浸在黑暗之中。明亮与黑暗，犹同《圣经》书页，在它们身边翻过去，翻过来。

根，一旦植入土地，对土地就无法不执着地拥抱。19 世纪法国建筑师莫里埃一直寻觅强固墙板之法。一场大风雨，拔倒了他故园的大梨树。大梨树虽然倒了，然那拔起的根，仍如无数只手，在土里土外，纵横交错，依然牢牢地在抱着、搂着、死抓着泥土，将泥土抱成结实的团块。莫里埃用锄头猛砸之，依然固若金汤，坚不可摧。大梨树这牢不可破的“根土合一”，引发了莫里埃的灵感，发明了钢筋混凝土。

根不但向水生长和向肥生长，更是永远地向下，或向地生长，这是宿命。

向下，却又是为了前进，
前进，就会遭遇黑色的顽石，
尽管黑压压、拥挤挤的土层深处，
充满了争夺和纠缠，
既然根的天职就是下扎，
就得义无反顾、永不回头！

设若选一温暖、湿润和阴暗的房间，你将一刚长出长直幼根的蚕豆芽横置桌边，7 小时后，你会发现根尖已明显地转而朝向了大地伸长。布谷声声，农人将刚刚萌芽的稻谷，刚伸出细软白根的稻种，握一把在手，朝春水洋溢的秧畈上扬手一撒——播种，即便稻根四脚朝天或者一脚朝天，你都不必“扶正”，稻根最终都会弯转而入土。广袤的田野最终都会荡漾起绿色或金黄的波涛。植物之根的向地性，体现了大地的包容。

促进根下扎大地的力量，难道就只有地心引力吗？

日夜辛劳进取的根，动力
更多的，是来自后方细胞伸展的力量。
纵使根尖伤亡惨重，
总有新生的细胞，前赴后继，
奋毅而前行！

我在高倍显微镜下观察过洋葱的根尖细胞。那细胞如月光般透明，如柳宗元笔下影布石上的水，如西藏透明的空气，沁出一片凉意。如今想起，我仍然心痛那长而尖，单薄且形似晶莹之矛的细胞，那比银样镴枪头还软弱的根尖上的细胞。

永恒的深扎者啊，与土地寂寞相处，
来自黎明、空气和蜜蜂的赞美，
都献给了枝叶和花蕾。

根是有梦的。根的梦永远在土地上面，是土地上面撑开的不断传出鸟声的如盖绿云。根在土地里的伸展范围相当于绿叶掩遮的地上面积。地上的树冠与地下的根，还呈现准对称性。树冠在任何时候，对根，都是一往情深。

无论黄昏时树影有多长，
它总是和树根连在一起。

——泰戈尔

我相信根，也希望地球上所有的根将来都能似无产者一样双手相牵，使地球上处处环绕绿云，摇荡绿风。

在土地遭受了凄风酸雨的打击之后，在植物遭受了人类长期的、太多的砍杀以后，想想我们的根，依然特立独行，依然迎向阻力，依然保有义无反顾的挺进勇气和深入的姿态。

理解伟大的根。

留住我们的根。

不俗的芭蕉

书成蕉叶文犹绿。

——《红楼梦》第十七回

1

无论是在古诗词还是植根于土地，芭蕉都能长出乔木之姿，然而，令我倍感奇异的，是芭蕉竟本属多年生草本植物。这是怎样的“乔木之姿”呢，丛生而不分枝，摇曳准椭圆形长阔叶。每每至夏，那叶面浅绿、叶底粉白的阔叶间，总是伸出淡黄硕大的花。柱形身躯高三四米。成串而下的香蕉，可谓团队合作着、紧紧围抱在象牙形圆柱茎的周围。视芭蕉为团结的象征，我想也未尝不可。

在这苍茫尘世，芭蕉还能出落成此等模样，我想，与它长得快不无干系。一直我都视芭蕉是长得最快的草本植物。

令我还甚奇异的，是如此高大的芭蕉却能顺应文人雅好，在特殊的节令里，被矮化制成莫名的盆栽。

是在六月吧，有人就选准了母株新发的小株，说最好是根系浅浅的那种，割下，为使根系不腐，那个切口还涂以草木灰，再栽入盆。盆土的排水性得好：沙子二成熟土六成，再加两成木屑。定植后少浇水。嫩黄嫩黄的新叶一出，方逐渐增加喷水量和日照时间。在文人看来，盆栽芭蕉，最适宜闲置于庭院一角、墙边窗前、假山之畔乃至私人居室。

作家、园艺家周瘦鹃先生就很善于营造芭蕉盆栽的“文化意境”。他撰过《红了樱桃绿了芭蕉》，说曾将两株芭蕉幼苗植入一紫砂长方形浅盆，栽入石笋，在蕉荫下还聘请了一陶质老叟，趺坐抚琴。对芭蕉的光照控制他也蛮在行，每每会延长日照，教芭蕉无法徒长，还说盆栽芭蕉，冬季移入雅室，就不难有常绿风情。

令人深思的是，在这个地球村，对能否长高长大，芭蕉似乎并不太介怀，一直以来好似都生长得甚惬意的。

2

芭蕉的故土，远在东亚赤日炎炎的热带，仙扇摇出人间清凉，可谓本身已是不凡之事。

想想，那夏日高及屋檐、软阔碧绿的如盖仙扇，何时不在营造一片清与静呢？这清，宛如纯净的空气，是不带任何杂质的清，又犹同井水的清，或秋之溪水的清，甚至是秋夜月华之清；至于这静，已不是鸟鸣山更幽的那一种，而是教人无法不心安神逸、去除烦躁的静。如此的清与静，和马致远《天净沙·秋思》里的古道和西风，朱自清散文里的荷塘与水，一样无法分离，何况这清与静，还附着绿叶的冷，正是这冷与清、与静，又是如此地水乳交融，教你尘心内敛，清凉入静，自怡自适，了无他念。

绿得还似在林黛玉淡淡叹息的芭蕉，湛然一碧，自然已阴冷袭人，更至纯至雅；即便不及李笠翁云及的“坐其下者，男女皆入画图”的雅致，也该臻李商隐尝谓的“芭蕉开绿扇”的雅意焉。

芭蕉诉诸我们的如许感觉，与芭蕉体内的多水是很有些关系的。芭蕉仿佛才是水做的骨肉，尤在赤日炎炎似火烧的夏日，会让你生出如浸井水的感觉，抑或给你身入绿林野山之感。不知我的想象是否太奇特，我以为芭蕉的清、凉、冷以及纯与雅，其实还是可卷的——蕉叶本来就是书页般厚薄的。夏日的凉风，蕉林的阴凉，古诗词的意境，不同样可从片片卷蕉叶般的书卷中来吗？

芭蕉躯干却是不太硬朗的。南方多风，瞟风刮至，这蕉叶还有些易折，全然不是骨的躯体。即便高及丈余，其躯体的截面也无法不似一石激起的圈圈同心涟漪，那长壳似的皮就更已成了里白外青的固态水——你一层层剥，一层层的水便相应而出，滴沥如雨，只是如此水性的芭蕉，却能结出串串黄熟的蕉，既丰腴，又沉实。

3

我以为芭蕉的最迷人处，就是“芭蕉风韵”也。

这芭蕉风韵，已全然聚焦于独特的南中国文化意象——“雨打芭蕉”；那清凉而雨滴叩打蕉叶的声音，天籁般的声音，融合才子佳人的浪漫情致，韵味悠长，不知究竟有多久时间了，一直滴滴答答，在敲打中国，更在敲击华夏文化人的神经。

清人蒋坦在《秋灯琐忆》里，曾略笔草草，记过柔媚的秋芙种芭蕉惹的雅事。说的是芭蕉叶大成荫，秋来雨声滴沥，教才子蒋坦枕上闻之，心与俱碎，只好蘸墨题句于蕉叶之上："是谁多事种芭蕉，早也潇潇，晚也潇潇。"翌日，雨霁，他竟意外地见到叶上有续语："是君心绪太无聊，种了芭蕉，又怨芭蕉！"无疑乃秋芙多情的戏笔了。

的确，雨中湿润翠绿的芭蕉，浮泛幽光，不只教轩窗台榭尽映碧色。与其说雨来开门看雨，一片蕉声，不如说这点点滴滴，滴沥徐缓，已然声声入耳入心，总勾起世人尤其是感觉细腻的墨客骚人的无尽遐想！

雨打芭蕉，真成了中国文人柔弱多情还善感的意象！

多少年来，抒写"雨打芭蕉"的诗文，可谓车载斗量，我以为唯独沈周的这篇《听蕉记》，最具风骚。

> 夫蕉者，叶大而虚，承雨有声。雨之疾徐、疏密，响应不忒。然蕉何尝有声，声假雨也。雨不集，则蕉亦默默静植；蕉不虚，雨亦不能使为之声。蕉雨固相能也。蕉静也，雨动也，动静戛摩而成声，声与耳又相能想入也。迨若匝匝插插，剥剥滂滂，索索淅淅，床床浪浪，如僧讽堂，如渔鸣榔，如珠倾，如马骧，得而象之，又属听者之妙也。
>
> 长洲胡日之种蕉于庭，以伺雨，号"听蕉"，于是乎有所得于动静之机者欤？

真是美文，而且还精短。文字由听觉旋转视觉，先听而后思，拟物模情，形象细腻；虚实相映，意蕴独特。显然，如此地雨打芭蕉，因了音乐性，已升华成哲学般抽象、建筑般凝固的音乐了。

1921年，丘鹤俦所编的《弦歌必读》刊载了民间器乐曲谱《雨打芭蕉》，旋律明快悠然，空灵流丽，轻溢雨打芭蕉的神韵。童年，青年，我常常会聆听乡间私伙局演奏《雨打芭蕉》，及至上山下乡，自己在农场栖居的那间简陋的二楼东屋，窗外楼下，就是大片大片的芭蕉林，雨打芭蕉常有。当时，我常习二胡，竟就演奏《雨打芭蕉》，尽管当时本人胸无宿墨，又前途迷茫，只凭直觉体味雨打芭蕉之美，对芭蕉身上的文化意蕴自然是不甚了了，当然也漫生不出缕缕文人之思（真不知是时代不幸还是个人的不幸），更无从知道这《雨打芭蕉》还是广东音乐的代表性曲目……

4

自然环境和社会条件，总在以特有的“规矩”，限制芭蕉之美。大凡脱俗的东西，除天生带艺术的浪漫外，多少都会受到诸多客观因素的禁锢。

尽管能耐短暂的0℃低温，但芭蕉确实不耐寒，一般得生活在4℃以上的气候环境，更性喜植根于深厚、疏松、肥沃和排水良好的土壤。许是芭蕉与艺术天然有缘，譬如芭蕉就非常适合入国画——而芭蕉进入国画艺术，是否就可超自然“生长”呢？

诗佛王维作过一帧在中国绘画史里争议颇多的名画《雪中芭蕉》。一株翠绿的芭蕉立在大雪里——画作所表现的芭蕉立雪的问题，几成公案，支持者、反对者抑或辩护者都有，都理由十足。

《渔洋诗话》认为王维的《雪中芭蕉》“只取远神，不拘细节”。沈括的《梦溪笔谈》援引张彦远的话，说“王维画物，不问四时，桃杏蓉莲，同画一景”。宋朝朱翌的《猗觉寮杂记》则云：“右丞不误，岭外如曲江，冬大雪，芭蕉自若，红蕉方开花，知前辈不苟。”明朝俞弁却在《山樵暇语》说及广西就有人“亲见雪中芭蕉，雪后亦不坏也”。王肯堂则在《郁冈斋笔麈》举例，替王维辩护，说：“闽中大雪，四山皓白，而芭蕉一株，横映粉墙，盛开红花，名美人蕉，乃知冒着雪花，盖实境也。”

闽中果然有雪中芭蕉，一时似乎成了以事实服人的例证。清朝俞正燮却反诘：“雪中芭蕉，虽闽广有之，然右丞关中极雪之地，岂容有此耶?”许多人都认为无论画什么，涉及的自然环境、历史地理等都得真实。

台湾作家林清玄在《雪中芭蕉》中则认为，在王维的艺术法眼里，艺术创作本来就和“饥来吃饭，困来即眠”一样自然，是全然不必在乎雪里有没有芭蕉的。他并非想为“雪中确实有芭蕉”翻案，只是觉得这个公案，历代人物争论的只是地理问题，而未能真正触及王维作画的内心世界，“有两种可能：一种是雪中真有芭蕉为王维所眼见，是写景之作；另一种是雪中果然没有芭蕉，王维凭借着超人的想象力将之结合，作为寓意之作”，即所谓“精于绘事者，不以手画，而以心画”之意。

《新唐书·王维本传》早说王维“画思入神，至山水平远，云势石色，绘工以为天机独到”。在我看来，大凡天才都是最不屑羁绊的，对于王维如此的艺术天才，他的绘画还可能每每拘泥于写实吗？还能不言情、不寄意吗？谁个能够断言他笔底这棵立于飘然大雪中的芭蕉，仅仅是翠绿的，是没有任何精神向度的芭蕉呢？

该如何看待王维这幅画？我想，我们委实不能只从纯写实或完全从科学的视角作如是观。毕竟绘画是艺术，艺术之所以成为艺术，全在于艺术里的风物人情，因了艺术家个人情感和思想的灌注，本身已不再等同于原本纯粹的自然物，而已异化成所谓的人文自然物了。

王维的《雪中芭蕉》，从科学的角度看或者可能立不稳，然而，在艺术领域，却大可以超越寒暖，傲然出世，立雪千秋。

鸟巢

人的双掌合拢，竟然宛若鸟巢……

——手记

1

鸟儿筑巢，是浩大而艰巨的工程，需付出常人难以想象的劳动。

在我们屋檐庭院筑巢的邻居燕子、麻雀是如此，其实任何一种鸟都是如此。据鸟类学家统计，一对灰喜鹊在筑巢的四五天内的工作量就令人难以想象，至少得衔取枯枝、青叶、草根、牛羊毛和泥团共六百余次，其中计枯枝二百五十余次，青叶一百五十余次，草根一百二十余次，牛羊毛八十余次，泥团五十余次。一只美洲金翅雀筑仅重五十余克的巢，就得飞来飞去衔取近八百根巢材。

筑巢不是鸟类才有的技能，但鸟类筑巢的工艺，在动物界却是无与伦比的。完全可以这样说，鸟儿是以整个身心乃至生命在筑巢。

鸟没有松鼠那样的手，没有海狸那般的牙，只有喙和爪。在法国历史学家、作家米什莱看来，鸟筑巢的普遍情形，与其说是以喙和爪筑巢，还不如说是以胸挤压材料，以躯体将混合材料做一种黏合。如果此论成立，则可推论赋予鸟巢椭圆形状的工具不是别的，而是鸟的躯体；鸟在里面不停地边转边压，将“墙”朝前推，使之终成椭圆的房子。试想，要使一根刚衔入巢中的稻草弯曲贴巢，得经由鸟身体多少次艰辛的来回挤压啊！

然而，实际情形却不完全如此，鸟，是以喙、爪和身体以及其他东西来共同筑巢，抑或各显神通地筑巢。譬如，北极的绵凫鸟在生育前，总要忍痛拔下自己的大量羽毛来筑巢。楼燕的近亲——大名鼎鼎液腺发达的金丝燕以唾液筑巢，唾液一遇风，就凝固成半透明的碗状巢窝——燕窝。楼燕营巢则将唾液和入小螺、泥土和草棍，以胸、喙、爪共砌碗状巢。

鸟筑巢的行为，虔诚得令人感动、心痛，更是教人肃然起敬，心怀敬畏。

鸟通过筑巢，似在申明自己并非凡鸟，至少也是有某种精神的鸟。

2

你或许未想到，伟大的鸟巢，孕育和呵护生命之巢，寄托希望之巢，会如此多元和丰富。

低等类群企鹅、鸵鸟、金眶鸻、白额燕鸥等筑的地面巢大多简陋，甚至仅在地表刨一浅坑，不加任何巢材。米什莱在《云雀》中写过：“云雀是最典型的田野的鸟儿。这是庄稼人的珍禽。它总是殷勤地伴随着他们，在艰辛的犁沟中间，到处都有它的足迹……而大自然似乎有些亏待云雀。它的脚爪长得使它不适合在林间栖息，它只好就地筑巢，与野兔为邻，田沟是它的穹庐。”还有许多叫声动听、高贵，疏于高山森林，常年出没在旷野，为土地处处留下婉转歌吟的精灵，比如玲珑百灵、活跃画眉，就和平民化的歌鸲、黄脚三趾鹑、灰头麦鸡和毛腿沙鸡一样，在土坑内只垫少许干草茎为家。雉鸡、鹤和大雁筑的地面巢则稍稍复杂，会以些许草、叶和绒羽等柔软物质垫窝。

在湖泊、池沼和江流转弯低吟的和缓水面，我们可偶见随水体飘摇升降的水面巢。水面巢多是盘状浮巢，由鸟儿凭借水生植物浮于水面的秆叶搭造。水面巢便于鸟儿饮水，水面嬉戏，晨昏照影，还可免陆上动物来袭，只是筑水面巢的鸟寥寥无几，屈指算来只有䴙䴘、秧鸡、董鸡和骨顶鸡几种。

顾名思义，所谓洞穴巢就是彩色童话画册中总见的鸟儿筑在崖壁和树洞的巢。翠鸟和沙燕就以崖壁洞为巢。八哥、山雀、猫头鹰、鸺鹠和戴胜等则以树洞穴为家。需要说明的是，在攀禽中只有啄木鸟居住的树洞巢方是独立自主、自力更生之巢。啄木鸟喜新厌旧，从来不住昔年旧洞，这倒使不少鸟儿捡了便宜，轻易就当了啄木鸟旧居的新主人。

作为人类的芳邻，多数燕科鸟，都在人类的屋檐下、楼宇间筑巢。它们都居泥巢，倘若筑在户外，比如筑在贾岛所咏的池边树上，该如何经得起风吹雨打？

的确，在我们人类的习惯意识里，鸟巢，主要还是指编织巢——由广大鸣禽在树上（个别在草丛或灌木基部）精心营建的巢。

苇岸在《鸟的建筑》里说，除涉禽中的鹭、游禽中的鹈鹕和猛禽中的鹰隼（这是些在树上筑粗陋大巢的鸟）外，编织巢几乎均为长于鸣啭、巧于营巢的雀形目鸟类所造。

谁能说编织巢的形态，不是更加多姿多彩的呢？

与我们人类还较为亲近的寿带、卷尾、伯劳、柳莺等夏候鸟总营杯状巢。太平鸟、灰山椒鸟、乌鸫及北红尾鸲等则喜筑碗状巢。骨顶鸡、秧鸡、董鸡和鹏鹛等好些水禽编织盘状巢时，还善于就水取材，巢材多取水面的芦苇、蒲草。以盘状巢为家的鸟类，不但每一窝卵较多，卵色更是每每与巢材乃至环境相近。

至于盆状巢，则可分为浅盆状巢和深盆状巢两种。

在电视《动物世界》里，我见到了被称为“缝叶莺”的小鸟的筑巢过程：喙将芭蕉叶从叶缘至叶茎似裁缝一样裁开，接着以喙在叶中一下下地穿出一列小孔，继而卷起叶片，贯以细线——缝成小小的袋状巢。如果不是在荧屏所见，我无法相信天下竟会有如此聪明灵巧的小鸟。

在我见过的鸟巢中，最让我情感激荡、永远嵌入生命记忆的还是那年冬末在河南，那中原大地上一棵棵白杨树上的鸟巢。这些《禽经》上所说的“仰鸣则晴，俯鸣则阴，人闻其声则喜”的民间吉祥鸟喜鹊之巢，真像一座又一座古老的乡间别墅啊！一个接一个，正隐隐约约、安详在茫茫原野高大耸立的白杨树上。这当儿，春天还在望中，白杨树尚未绽开绿叶。这一个又一个粗糙的球状鹊巢，在辽阔、空旷、沉静的天空下，在木叶尽脱硬而冷的枝杈间，竟是如此地沉静、安详，透露出喜鹊的形体和粗糙的鸣叫声那般的美丽，同时，还辐射着睥睨凡间一切的神气，令我倍感崇敬和温暖。我以为，鹊巢，无论独巢、双巢，还是芳邻多巢，都是原野上灵动、尊贵的生命信号，是地球村，尤其是北方平原冬季令人无限神往的平静乃至祥和的最美丽、最迷人的风景……

3

鸟类学家的考察表明，鸟巢大都是鸟夫妻共同建造的家园。利用天然树洞筑囹圄巢的世界珍禽——犀鸟，每当旭日东升，雄鸟就从河畔频频衔回泥巴给洞内的雌鸟，雌鸟则一次次呕出胃液，以喙将胃液揉拌入泥团，再衔之以封小洞口。

尽管鸟类学家还不太明白鸟筑巢的“技能”是如何遗传的，却已断言筑巢与鸟类的繁殖相关——鸟类的繁殖，通常始于筑巢终于幼鸟离巢。

也有鸟儿筑巢为的是谱写恋歌，招引配偶。澳大利亚热带雨林的园丁鸟，雄鸟求偶时，会择一块觅食易，水源近，幽静、明亮、通透的林间空地或草地，辟成小巧的庭院。庭院左右两边那密密实实的篱笆墙由二三十厘米长短的树枝搭就。而庭院的那一头，便是雄鸟清理出的草地——“跳舞场”。犹同新郎总要装饰新房，“凰求凤”的跳舞场周围及篱笆墙头，总会陈列些鲜花、浆果以及光艳的羽毛，显然，这是雄鸟的“作业”。

筑巢还能刺激鸟儿的性生理活动。鸟类学家的研究已证明：鸟类建巢或窝入巢中，视觉和触觉等器官所发出的信号通过脑的综合，会加速促进体内雌激素的分泌，促进体内卵细胞的成熟并排出，使繁殖行为不至于中断。倘若巢窝被毁，鸟类的孵卵行为随即终止。

4

尽管鸟的世界比人类社会单纯，但在营巢问题上，却同样存在不道德之鸟。

仍然有必要抒写一笔的，是啼叫美妙被农业社会长期作为播种信息鸟的杜鹃，其总有本事使自己所产蛋的颜色、形状及大小与宿主（多是苇莺）的相似，并依宿主蛋的形色而做相应变化，当杜鹃在宿主巢中出壳后，宿主之蛋或雏鸟便躲避不了被这“外来户”强行全部挤出家园的命运，而小杜鹃却独独享有义亲的哺育。

好在绝大多数的鸟儿都鸟德高尚，自主营巢，自食其力，警惕性也高。

亲爱的鸟儿，你已知道，
这是兽的世界，人的世界，
天天危机四伏……

长期生活于这般的社会环境，已教鸟儿懂得不但要经营好自己的家，更得伪装好自己的巢。

最天才的伪装师要数柳莺了。它在地表的枯枝落叶层以树枝纤维、草茎编织成一个球形巢，而且，衔来的大量苔藓和各色枝叶覆盖其上，仅露一个黑洞口。

营冢鸟筑巢总会选一块林间平地，首先挖一个深坑，往坑内堆入一层层的树叶和土，堆成直径三四米、高一米半的大土冢，然后才将蛋埋入冢顶挖出的小穴。如此这般，孵蛋所需的温度便全由冢内树叶发酵而供给，自己却避免了孵蛋而可能遭致天敌的袭击。

鸟儿还利用有翼能飞的优势，或选悬崖绝壁，或选高树的枝杈营巢，以使天敌难以接近。鸣鸠更是将巢筑入仙人掌丛。

筑就了巢，就有了安身之所，风雨中，一家鸟就不至于那么飘摇。

有了鸟巢，就有了温暖的家，即便是“寒舍”，四壁透风，上下透雨。

风雨即便不是无情，总还是凄冷的。凄冷的风雨总是不期而至。在安稳的鸟巢里，卵易于聚拢成堆，易于享有亲鸟羽绒被子般的身体覆盖、呵护，可保持孵蛋需要的温暖环境。雏鸟刚出壳喳喳叫闹的头几天，体温还不恒定，而鸟巢正好可减缓“温暖”的散失。树洞巢内的温度通常要比洞外高出7℃。

鸟巢不是人类家里的铁碗，而是大自然里中空、通透或并有弹性的窝。想想看，晨雾慢慢地浓过来了，悄无声息中将鸟巢淹没了，日出不久，雾就散了。黄昏，鸟儿已相继归来，聚会巢中，不时鸟儿问答，啁啾沟通，交颈抚爱，和睦融融。夜幕降临后，天地愈加宁静，那不见一片云的夜空沉静得犹同波澜不兴的海，凉如人间井水的银色月光悄无声息地流进鸟巢，鸟窝中许会出现短暂的沉寂。俄顷，就该有一只又一只鸟儿侧歪鸟头，实行集体举头鸟眼望明月的仪式后，就该不约而同低头思念远方的故乡了吧……

5

我曾在不少晨昏，观察过好些鸟巢。我发现鸟巢大多数是灰色的。那次夏游京郊鸭鸣湖，那湖畔杨树林中的一个个鹊巢，就都是灰色的。同游的友人告诉我，鸟巢的确多为灰色，他说，少不更事时，夏天，他总喜欢爬上高高的白杨树去拆一个个鹊巢：“一个鹊巢拆下的树枝就是一担柴火。”那一担担柴火也该是灰色的，我想。

鸟巢何以多呈灰色？我想，这当与土地有关，灰色是源自土地的颜色。

除却黄土地，这天幕下的土地，壮阔的土地，乃至久旱的土地，起伏辽远，不普遍就是灰色的吗？

灰色可是土地的主体颜色抑或主打色啊。竟是土地的主打颜色“升华”上鸟巢了，这可是稻、草和树枝干燥以后的颜色，是水失却了流动的姿色。而筑巢的那些树枝、草叶，可不折不扣原来都是绿色的。

啊，鸟巢的颜色，这土地性情般的颜色，让人沉思的颜色，象征温厚、内敛、沉静、博大和安详，朴质、宽厚、自在、和美并且如中年的人生境界一般的颜色……

6

谁能断言鸟儿筑巢就没有自觉的艺术构思呢？我想，鸟儿在筑巢过程中出于本能的实用型审美能力，断断是鸟儿在长期进化过程中养成并且事实上业经遗传了的。

倘不如此，我们就无法解释同一种鸟儿，比如喜鹊，其巢的形制和质材，何以世代都那么类同而且都是那么高高地筑于树上。

何况鸟儿筑巢，是实用主义至上的。

鸟巢，巢内有羽毛柔软，草叶柔韧，巢壁圆润，还颇柔润、柔和。如果你从鸟巢内望出去，那巢外的天空，想来也是井口般圆圆的，和井底蛙所观的天空形状当是相差无几的。

鸟巢，依靠外力而被高高擎起，是力量与柔软的结合。至于托举鸟巢的主干枝条，与其他柔软所形成的合力，却又使鸟巢异常坚牢、结实，尽管一阵风来一场雨过，鸟巢会宛如慈母乳汁饱满的乳房般微颤。

鸟巢与树林、草地、原野、河流和星空在悠久的农业社会里总趋于和谐或者基本和谐。如果连基本和谐都达不到，就不可能有鸟巢在地球村的代代传承了……

然而，除了像米斗，若砚台，如酒爵，似农人编织的筐，鸟巢难道就不像人的指掌所合拢的形状吗？

多数鸟巢都不带顶盖。没有顶盖而上空，空如北京四合院，中国瓷器碗、花瓶和壶。依照国人的审美观，唯空者，方有艺术意味，如国画“留白”。唯空者方成器，方可构成生活与艺术的空筐——啊，鸟巢，竟空出了哲学与艺术的意蕴。

而且，鸟巢含蓄的椭圆外形，还总趋“圆点哲学”。作为天地间的一个“点”，鸟巢尽管小，却也有孕育，有交流，有故事。晨间，鸟儿带着理想和希望离巢飞入广阔天地，黄昏，怀着谷粒、虫子、快乐和对家的眷恋鸟儿从远方归来。

鸟巢越高，离大地就越远，然而，与自然和社会现实仍旧若即若离。

或许是宿命，当历史的列车进入“科技隧道”以后，鸟巢天然的开放性，却愈加成为双刃剑。何止是风入鸟巢，雨入鸟巢，雾、阳光、雪花能入鸟巢，那白天和“黑夜”，更是轮回式地出入于鸟巢。鸟巢成了名副其实对外开放的“笼子”，内外良莠杂芜。

还能半隐于自然和社会吗？天幕下，

那一群群散文般袒露心扉的鸟巢……

作为大自然鸟巢的人文“镜像”，北京那个钢铁鸣响的人工编织“鸟巢”，在大地上不觉已耸立数年了。

这个伟大的“鸟巢”由瑞士建筑大师雅克·赫尔佐格与

德梅隆建筑师事务所力主设计，竣工不久，即被《泰晤士报》誉为世界上“最强悍的建筑”，被英国名刊《建筑新闻》列入“世界十大建筑工程”。

这“鸟巢”与猛禽和攀禽的树洞巢、岩缝巢自然已不可同日而语，建造过程却比鸟儿筑巢更为有条不紊，由钢网全盘代替树枝——四万多吨钢材，每一根柱子都重一千吨……

只是，如此的“鸟巢”还会具有自然界鸟巢的纯粹吗?〔1〕还能重现李商隐《晚晴》的诗境吗?〔2〕尽管这“鸟巢”蕴含的文化意味异常丰厚。〔3〕

的确，在今天，与鸟巢有关的一切，都无法与“科技神”光照全球，“爱抚”鸟巢脱离干系了。

---

〔1〕 鸟巢的不纯粹便是被异化。鸟巢本是不该被异化的。人与鸟巢的关系，本应彻底保有田园牧歌的底色，至少也该蕴有更多更美的中国古典诗境的，在这地球村，在我们中国。

〔2〕 李商隐《晚晴》：“越鸟巢乾后，归飞体更轻。”意谓初夏时节，雷雨频繁，晚晴依时而至，鸟巢却已干，归巢的鸟儿，不但心轻而且体态轻捷。

如此美妙的诗句，除去诗人的自况抑或暗示，似乎还在暗示飞鸟是纯粹的，鸟巢是没有任何污染的。只是在今天，未被污染的鸟巢究竟还尚存多少呢?

〔3〕 “鸟巢”，如此钢铁的、奇异的，基于文化和技术的“鸟巢”，似乎寄寓了中国的“天空”“大地”形象。“屋顶”又何止是覆盖物，同时还是人造穹庐，而且更该是奥林匹克五环的象征。

“鸟巢”的外形，依稀可见菱花隔断、雕花镂空以及宋窑开片釉即裂纹釉的痕迹。钢架大网虚实相间，气韵生动，开合留空，阴阳平衡，似乎参透了中国哲学的天地人和理念，在表征“中国文化是在无序中寻找着有序”(德梅隆)。

伟大的人类能筑出如此伟大的“鸟巢”，是否还体现了人对自然的崇拜呢?是回归至上古的自然崇拜呢？还是“现代版的自然崇拜”即异化的自然崇拜呢?

人，掌控了现代技术的人，竟是何等地自如！可自由出入“鸟巢”大放风筝的美丽，能有序进入“鸟巢”表演天圆地方的太极……人，还可自由无碍、随心所欲地在“鸟巢”搭出一个又一个另类的“人体式鸟巢”：大鸟巢套小鸟巢。

如此的“鸟巢”，还能是纯粹的自然物吗？显然已成了“人造自然物”——“人文自然”。只是如此的“鸟巢”，还不能证明“科技神”已入侵鸟巢（自然）吗？难道这还不是已演绎成功了现代版的“鸠占鹊巢”吗?

在因了人类掌控技术而使欲壑越来越大，在因了人类而致生态濒临失衡的地球村，即便是非同寻常的鸟巢，甚至是再神圣的鸟巢，都与荒野、河流、空气乃至和人类一样，已陷入命运窘境，前途未卜……

品鉴枸杞

病的世界，需要枸杞。

——手记

1

秋晨，粥已半熟，我撒些许枸杞入粥，那一颗颗沉浮的红，玛瑙一般，浮贴在白粥上，一起一伏，煞是好看，遂想，这枸杞和人一样，声名能否鹊起，除却自身条件（内因）要好，还得有好的生态环境（外因），至少，外因远未病入膏肓。

宁夏历来是盛产枸杞之地，新疆、青海等地也产。前不久，我就听说宁夏有个中宁县，已被国务院授名为“中国枸杞之乡”，遂想，肯定是至少中宁县，乃至宁夏的环境风土，是很适合枸杞生长的。

看那宁夏大地，母亲河黄河，浩汤日夜，水，仍较清澈，未怎么被污染，灌溉也便利。宁夏素誉“塞外江南”，西临贺兰山，山洪的长期冲击，使那大量出自茂密森林、含腐殖质多、熟化度高的林间熟土，与来自腾格里沙漠的沙质土“风云际会”，混合而成的土壤，肥力好，而且，这片土地，光照充足，午间热蒸发强，早晚又凉快，以气象学术语来说，就是昼夜温差大，有效积温多，如此的生态气候，太利于枸杞生长了，不让其出落成耐看的红颜都难！

枸杞生北国，红颜醉惹人。
劝君多品鉴，聊慰俗世心。

枸杞在植物分类里，属茄科，枸杞属多分枝落叶灌木，缤纷落叶，身体力行，永在阐释叶落归根，可以想象，那空中的归根之路，空气柔软，也并不算远，因为野生枸杞仅高半米一米，若人工栽培也至多才逾两米，奉行的，都是顺应地心引力融入土地的哲学。说来枸杞倒怕水渍，却耐盐碱，耐肥，耐旱，不似泰山顶上那青松总占名山之巅，反愿意在山沟、荒地、石缝、路边、屋后过质朴平实的日子，根，是愈扎愈深。

要鉴赏枸杞，你还绕不开叶，其叶不华丽，也比柳叶短，日月照临中，花蕾成串，锦带一般，隐约于叶间，让瘦雨轻风抚慰。

需要说说的是，绿叶纷披的枸杞，奉行的仍是“多子多福”之策，春果，夏果，秋果，每一次结果都不落下。秋风萧瑟里，枝叶微颤中，可见红红的果实，自在红的果实，如散落枝叶的星光。

对了，枸杞的花可不是红花，而是淡定的紫色花儿。有意思的是，这紫色花总在接力跑一般，一朵一朵，每每自下而上次第地开。

在那些开花的日子，不纯净的旷野，可说是相当静谧，也可想象为非常的热闹，蜜蜂嗡嗡在飞，花谢不几日，叶缝间悄然露出小脸的枸杞蛋，开始还真是绿莹莹的小眼睛，随后开始睁大，色变，即使秋风不再，也一天天走红。谁能想到，这是红珊瑚一般的“红豆”前身呢?

枸杞不是象征爱情的玫瑰，可那婆娑椭圆形枝叶间，总藏着掖着玫瑰那般的刺，针针硬实向上——是枸杞自卫的刺……摘枸杞叶时，农人每每是将旧布片缠绕枸杞枝条下端，发力，向上迅速提拉，一瞬间，片片枸杞叶，就像羽羽飞鸟蹬飞枝头，朝布兜和手指缝间急钻。

很显然，枸杞是没有倾城倾国之貌的，也不会哗众取宠，所以，平常日月至今，就没有显赫的声名，这不足怪，因为其本来就没有打什么广告，对于如此的上品，在这个经济至上的年代，似乎并不甚合情理——我何不就斗胆凑个趣，撰写几句枸杞广告呢?于是，临南窗，面朝大海，以红豆起兴，遂得打油诗两句如下：

红豆生南国，病世枸杞红。

2

客观而论，这枸杞的身份，首先是中药，其次方为可三餐食用的食物，但人们忘记其是中药之时候，也有。

我家茶几上，近几天就置一盒枸杞，行书汉字“枸杞——五宝之首”，字字深红，很是精美。

我喜欢如此高颜值的包装，品赏良久，才撕开包装，取少许枸杞于掌中，轻揉细捏，松开，这红玛瑙们，居然不粘连，仍像新手写的散文，散。

顺便说说，我食枸杞，最喜欢慢慢咀嚼那微甜的红，我甚至想，如果枸杞能略带些儿苦涩，岂不更好，不是更可教人体味尘世的苦涩和庸常吗？与病态的人生不是更契合吗？往深里想，又觉得还是现在这味儿正，口感如饴甘甜，是红色的甜，颗颗晶莹饱满的，体味起来，很是美妙。

我有时也以白开水冲泡枸杞，枸杞在白而纯的玻璃杯中，不像君山毛尖总要朝杯底慢慢地沉，反是要上浮，末了浮于水表皮，像极了撒在温泉水面的玫瑰红瓣……

我突然想到，这被食得即便艺术化了的枸杞，显现于病世，绝非偶然。你想想，这尘世，不是每一个人的心灵或肉体，或深或浅的，都有些病吗？

唯其如此，这枸杞的药用天地，才能如此之高、远、阔。

中医认为，性平的枸杞，药性却丰厚，美好。那天逛超市，我拿起货架上一包枸杞，细瞧塑料外包上印着：“枸杞，归肝肾经，具清肝、润肺、滋肾、益气、明目、补虚劳和强筋骨等功效。枸杞，泡茶，泡酒，炖汤亦可，也可熬粥。”有的地方，嫩叶居然叫“枸杞头”，炒食很是好味。我小的时候，夏天炎热、秋风苍凉时节，祖母常常会煮枸杞叶给我们吃，嘴里总是喃喃：“吃了好，清肝，明目。”

在民间看来，枸杞的药用价值，就是如此神的，不但信奉，甚至升到了“神话”境界。

听过这样一则文言传奇，说是一书生见女郎正怒打老翁，遂问：“此老人何故挨打？”女郎答：“此翁乃吾曾孙，令其服药不肯，故鞭笞之。”惊问女郎年龄，答：“一百七十二矣。”如此高龄，竟仍似青春妙龄。问何以养身，服何药？女郎答：“药唯枸杞一种，即《本草纲目》载之枸杞，有四名：春采叶，名天精草；夏采花，名长生草；秋采子，名枸杞子；冬采根，名地骨皮。人，四季常服其果，遂与天地齐寿。”

有些魔幻的，是葛洪的《抱朴子·内篇》，他咬定西王母杖就是枸杞杖，连现代作家周瘦鹃在《拈花集》中也持类似观点，认同西王母的仙人杖非来自山野的枸杞茎莫属。可谓：

雁使西风收叶去，仙人杖上挂瑚珠。

——丹鹤鸣霜：《枸杞》

依我看，这除了因为枸杞全身皆药，也在证明枸杞茎的确很结实，颇有做神仙拄杖的资格，与西王母之仙风，是蛮契合的。

旧时的文人，似乎大多病弱，身瘦而白衣宽，体弱六月寒。陆游老年，就常叹老眼昏花，视物模糊得厉害，之所以写得出“雪霁茆堂钟磬清，晨斋枸杞一杯羹”的佳句，据考就是靠吃枸杞，俗称枸杞为“明眼子”，不是没有缘由。

国内的西医，今天开药，有时也开枸杞。西医对枸杞的药质如何看的，我不甚了了。近日网查，方知，在西医眼里，枸杞，含胡萝卜素，甜菜碱，维生素 A、B1、B2、C 和钙、磷、铁等，可以增加白细胞活性，促进肝细胞新生，有调节免疫、抗遗传损伤、调节血脂、调节血糖、延缓衰老等功效……

显然，如此的表述，枸杞的药性固然在，但吃过枸杞的明眼人看来，都明白，这与中医的看法，味儿已大相径庭。此乃文化所致，没有办法的事，谁不知道药道深似海呢，何况中药，乃至这世上各种各样的药，已是大可以分为美药、丑药的，凡属甜药，可口之药，我觉得均可视为美药，至于苦药，涩药，不可口之药，皆面目可憎，我只能将之划入丑药范畴。

3

如果继续细究，枸杞，同样也是“心理药”，不尽然是“药食一体化”之物。

其实，只凭汉字“枸杞”，已足够奇异，药性的诗意，精神药一般，已令人沉迷。

前不久，台湾桃园观音乡元音农场主人，巧凭枸杞根与人参的相似，就将枸杞苍劲扭曲的老根一分为二，制成“人”字盆景，零星绿叶间数粒“红豆”闪亮，俨然艺术美境……如此的东东，并无多少新思，充其量仍是我在生态伦理散文《病盆景》中判识的“病态艺术”。当然，这是药的盆景，然其间隐含的心理药因素，仍是有目共睹的。

20 世纪 90 年代，我还写过一篇散文《人药》，认为：“中医，除了物质，恐还属精神。如若没有心理药，药的世界就要失衡……没有谁没有吃过安慰药。我们吃的，有相当多的都是心理药。”谁还能否认，枸杞，不早已在你的心中置了一把“心理药”交椅呢？

诚然，大凡心理药，都免不了有些迷信，颇有没来由的膜拜，耽于想象，如我前面所云，会直逼“神话”的境界。

这同样不足怪，在这偌大的病的世界，为祛病除灾，一个人，假如连适当迷信些物事的权利都没有，又谈何会有什么思想？会有什么信仰呢？精神信仰丧失的人生，会是什么样子的人生呢？

回到这枸杞，我认定这枸杞，不但是人类需要的心理药，而且还是美的心理药！

如果企望来了
就种枸杞

如果健康丢了
就种枸杞
血液中流荡的将是矍铄的力

如果骨头软了
就把骨头充作枸杞的茎枝
植入深厚的土地
在风沙和干旱里
生长出生命的刚毅

这首佚名诗，难道不也在将枸杞作为“美的心理药”歌咏吗？

俄国作家陀思妥耶夫斯基曾提出一个著名命题：“美将拯救世界。”即便美不能拯救世界，美的心理药对世界的影响，却是断断不可避免，也无可替代的，我想。

4

2005年夏天，我去了宁夏银川，是首次去，我还专门入了枸杞园，在那枸杞科研机构的枸杞园，我第一次亲密接触了挂满小红灯笼的完整的枸杞树，感觉很是奇异，也是从那天起，在我心中，枸杞，陡然强化了鲜红的印象。

现在写这篇文章，我很是关注的问题是，在中国文化里尚待枝叶繁茂、诗意葱绿的枸杞，是否能够走向更大的世界，更受世人瞩目呢？

要回答这个问题，首先得检讨，你我对枸杞独特奇异的秉性，是否有了充分的认识？它最吸引世人视线的东西，除了药性，还有没有未被足够重视的美质呢？

回答，是肯定的。

——比如说，情色美！

眼前这枸杞略呈长圆形，粒大饱满，色泽红艳，籽少肉厚，宁不可爱吗？食之，甜中含甘，甜得恰到好处，口感纯正。最为极品的枸杞，是蒂处总浮泛一抹白，是红端之白，这与生俱来的白，像胎记，真是天造地设般神异。

世人钟情枸杞，难道还能离开钟情其形态美吗？谁可否认这也是等同于钟情情色美呢？对此，谁能不理解呢？对真的美情美色的向往、欣赏和共鸣，本就源自人的灵魂深处，是人的本能。

而这枸杞的情色，不是多又聚集于红吗？

需要声明的是，我如此品鉴，绝无贬低黑枸杞的意思，相反，正是黑枸杞的存在，反而映照得红枸杞更美。

只是这枸杞的红，又是怎样的一种红呢？

——不能简单认为仅是鲜红。

记得那枸杞之花甫谢，甫一挂果，果实就开始红了，那是青春萌动的红，冲动发展的红，生命的红，走向成熟的红，也可以说，初，枸杞只是小的青玛瑙时，已隐含这红了。

最是秋天，杞园树树红，真是红得自有个性，像极了日出天边的那抹红……神秘、圆润、质实、饱满、耐看，这神韵充盈的红，还浸染了红玛瑙的热情、红豆相思之美，还真切厚实得恰到好处，更不自大，不浮躁，静静地，还是美学意义的红，是渗了华夏土地精华和文化血脉，接地气，从厚实的土地深处缘茎枝不断升华，集掖了山水天地气候灵气精华的红，是最有质感、最有美药性格、可食可药的中国红！

2016. 11. 22 五稿，改讫于珠海，寒雨

夜光杯

夜光杯熠熠发光的，不只是西域之美。

——手记

1

家里珍藏有几只夜光杯，我从未上心把玩，总觉得夜光杯内涵殊异，多少对之心生敬畏。

很奇怪，今天我突然就要看看夜光杯。找出古色古香的盒子，拂去覆盒的尘埃，取出夜光杯，置于案，我仔细端详起来。这杯子壁薄如纸，光滑细腻，玲珑剔透，纹饰如脂，色绿如翠，是浑然的天然玉色，冰清玉洁，正透冷的艳亮。斟入现实的酒、虚幻的月光，必教你心动。

你集中注意力，朗声一字一顿地说“夜、光、杯”，汉字并列的名词，你即便说得不经意，也感受得出其不寻常的意味，然其内里春秋，你一时又难以说清。我不信这只是汉字的魅力。

想来，这夜光杯，与凉州，与西域，与丝路，与命运，早生成红花依绿叶的联系了。

而我最早知道夜光杯，还是因为读唐人王翰的这首《凉州词》：

> 葡萄美酒夜光杯，欲饮琵琶马上催。
> 醉卧沙场君莫笑，古来征战几人回。

这诗中带体温的葡萄、琵琶、征战、沙场，是隶属于西域的，撼人心魄的壮士情怀、征战的悲壮、人生的豪迈和历史的壮丽，也宿命地归属于西域，这些，和酒一样醇烈且已诗化，自唐代始，就已浩荡在华夏的天空、民族情感的大海，进入夜光杯……

2

夜光杯果真就能自己发光、天然地发光吗？许多人以为会的。

我揣测这十有八九与民间神话有关。相传名城酒泉的城下，古来就生一眼泉，酒香浓郁，每入黄昏，酒香愈烈。一日，南斗星君和北斗星君在天庭巡视，闻到了酒香。可知道两位都是有名的酒仙，既闻酒香，焉能放弃？于是按低云头，循香飘落至泉边，北斗星君尚未站稳，就朗声点赞：“好一眼酒泉！”南斗星君听罢大笑，随手从泉边就捡起两块玉绿色石头，一口仙气吹去，遂成酒杯两个，俩仙于是落座泉边的石板，摆起棋盘，以杯盛泉，一边豪饮一边对弈。那天色，渐渐就黑了下来。据说当夜有月却并不甚白亮，奇异的是，棋盘上下却水样地明亮，何故？是盛酒的“夜光杯”在熠熠发光也……

大凡神话，总是既美好又机巧。夜光杯披上了神话之光，就绝非一般的杯子了，而我却想，就是其真能发光，也仍需天地人相遇刹那的美缘——假如没有月，没有人与自然凝神相聚的佳遇，这一切，就能发生吗？

我的意思是说，夜光杯是断断无法独自发光的，得有美酒，得伴有缕缕叮当作响的月光斟入杯中，杯中酒，还得晶莹洞明若水，而绝非浊酒；唯有如意的酒，如意的月光，月光入酒，才可能随即发生反射、折射，只有这杯子单薄如纸，月光才可以在酒中较顺利地发生散射、漫射、折射，透过杯壁而进入你的眼，你看到的杯体，才是光彩流转，光色幻漫，辉光熠熠的。

这不就是人与月、与杯相与感应、融和，而臻入的理想状态吗？

如此“酒泛夜光杯”而陶醉的状态，禅意荡漾的奇异景况，脚踏坚实的大地，主体当然仍是现实主义的，可真是契合了民间对神幻、美好和浪漫的向往啊……

3

通天堂接地气的夜光杯，在今天，依然是不设门槛地进入平常百姓家，可谓殊为难得。

今天摩挲夜光杯，我总是激发诸多想象，一如我童年时，每每翻读母亲笔记本中扬子江烟波迷离的插页，我总会生奇思异想，会憧憬远方的美好。

我知道，进入夜光杯中的一波波月光，每夜的都会很有些不同的，而且，各个夜光杯生发的虚实交幻的熠熠之光也会有所不同；宁静虚幻的一盏盏光，与银烛秋光冷画屏的光，不同样是有所不同吗？

夜光杯，也无法不让我沉醉入满地月光与酒与杯构成的神秘而近乎神圣的意境，我真觉得这甚至可视作大地上的佛光情境。诚然，因了心态和情境的不同，任夜里最奢侈的美色——月光进入夜光杯，也会有不同的圆满……

夜光杯某种程度上，已为神器。

然而，人与杯的命运，与杯中月光的命运，却仍时有幻化……

有人就以夜光杯盛茶。委实，茶本也不俗，茶禅还是一味，然我觉得以夜光杯盛茶，就不只是跌入十八层流俗的俗不可耐，甚至已不只是别扭，而是在暴殄艺术，糟蹋艺术；也已不只是低级错误，而是问题。然而，似乎这样做，也属人的权利，也未尝不可吧……再想想，以夜光杯置茶，不，装茶——茶入了夜光杯，也还对月？也能多少生些辉光？如此之举，有艺术韵味吗？有人生的意思吗？

这是不折不扣在糟蹋业已进入中华民族审美惯性的夜光杯！

这令我想及当今流行的网络词语："杯具"（悲剧）。

人生固然无法日日熠熠生辉，也无法完美，却总不至于天天是悲剧。人生大抵亦如夜光杯，得靠把握，需要好的境遇，需要经得起各种各色的夜，浓浓烈烈的酒……不让金樽空对月。

4

需道及的是，这寒凉出身、非同寻常的夜光杯，以何种方式问世，也是得有机缘的，得有定数的。

夜光杯，只能来自辽阔、苍凉、神秘的西域，出生于干风占领一切，人的思绪可以被拉得辽远、神秘的西域。

这玉，必是西域终年白雪皑皑的祁连山良玉，炎炎夏日质地光洁宛如翡翠冰凉的祁连山的良玉。

这玉，也少不了良匠。每一个夜光杯，都由良匠一寸寸的劳动琢就。

西域的友人说，制作夜光杯的祁连玉很有限，玉的利用率还只及六成，一个夜光杯的制成，要经由几十道复杂的工序：选出上乘璞玉，据杯尺寸切割、刀刻、水冲，冲磨成圆柱体，毛坯一出来才可以掏膛，而后进入细磨冲碾再拓和抛光，末了，还要用马尾网打磨。

可是，这良玉被琢成夜光杯，终究精巧还是粗糙，走入人间后境遇如何，却是谁也难以预料的，是不确定的，或许，是宿命的。

可以想象，那良玉在被加工成夜光杯的日子，该也是杂色的、痛苦的、孤寂的，但又是存在蒲公英般的希望的……尽管西域的夜，夜风是那样凉冽，月光是那样幽幽……但是，随着杯模一天天成型、深邃，盛下的夜和月光必越来越多……

第三辑

不可医治的乡愁

乡愁的上游，是忧伤和失落日渐浓重的精神原乡。

——手记

1

乡愁是美学，也是与故乡草木呼吸与共的情感学和心理学，却断断不能是经济学或商品学。

乡愁无疑是多维的。首维是什么？是乡音。孙犁先生认为，“乡音就是水土之音”。乡音是故乡水土在游子喉舌间的深度记忆。莫说鬓毛衰老大回乡音无改，漂泊在外，一声乡音入耳，乡愁就袭上你的心头。

乡土，永远是游子记忆中的“不动产”。那些小桥流水，那些稻田池塘、竹林菜园、番薯地、豌豆畦，还有稻田间紫云英的喟叹，只要你的记忆在，乡愁就永远在。

乡愁是否有陈年酒的味道？我想，至少还会混有乡风、乡俗、农事和牛粪的味道。

孤独是乡愁的“接生婆”。

乡愁长受故乡月照耀。他乡明月再圆满，也不如故乡天上那团银。

乡愁，让你在时间里浓浓地想“家”，是曾经沧海的人对故乡频频的精神顾盼。

“想你就像黑咖啡那么浓，没有喝它的人不会懂。”乡愁的关键词，其实是“思想”，心中无乡月的人真不会懂。

乡愁能不是离愁吗？与乡愁亲近的词是苦思，是伤心，是与故乡发生了大于零的距离，所以我说——

乡愁是距离的函数。

当年我在南京求学，本科四年，仅回过故乡两次，不是不想省亲。暑假金陵火炉烧，寒假古都朔风啸，同窗大都返乡了，我的乡愁却归来。回家难，虽然不及李白蜀道之难难于上青天，但家在秋水望不穿的粤东梅州，山重水迢，真远，家中也拮据。

以前，中国人的乡愁多是家园尺度的，如今的中国乡愁，已经颇多“出口”，多了地球村尺度，那境界和滋味，令人体验颇深。

2011 年除夕晌午，我和妻子在瑞士苏黎世林边踏雪。乡愁混着白雪，阵阵发白。在雪地里边走我边提醒自己，这雪，已不是中国雪。瑞士和祖国时差六七小时，地球自西而东转，那承载悠久历史重负、春草年年绿的东方古国，那 960 万平方公里的苍茫河山，已万家灯火，春晚始开演，爆竹在怒放，长城内外，黄河长江，全在过年啦！一念及此，那略带忧郁的乡愁，更是涨满胸襟。

应该说，中国式乡愁已经是这个世界上最不可思议的乡愁。如此汪洋般的行为艺术和精神艺术——春运、春晚、春节，还有哪个国家拥有？

何况，乡愁更是蕴含诸多类型。比如有“关切故乡型乡愁”，这是追寻故乡事，相思故乡土的乡愁；又如有“精神家园型乡愁”，这是以事业作精神家园，以故乡作精神寄寓的乡愁。1962 年，于右任先生栖居台湾，写下了著名诗篇《望大陆》，抒发的，则是“身心系家国型乡愁”：

葬我于高山之上兮，望我大陆；大陆不可见兮，只有痛哭！

葬我于高山之上兮，望我故乡；故乡不可见兮，永不能忘！

天苍苍，野茫茫，山之上，国有殇。

如此心系家国、奢望精神慰安、精神国殇式的乡愁，其境界的殊异、阔大，还能有哪种乡愁可与之比肩？

医学上说，但凡生物体出现不健康的现象，就谓之得病。依我的体认，任何乡愁，都是在精神上过度系念乃至沉溺乡事乡物乡情而罹患的病。乡愁病，该属特殊的精神疾患。

乡愁，是会传染的。

我们已进入病乡愁时代！

2

如果你问我：乡愁以什么为原点？我会答：以故乡，以你出生地或情感所系之地为原点。

作为原点的“故乡是一个人的血地”（耿立），是布满童年脚印的地方，是人生起跑线上的许多曾经，是叶落的根，是“基础与稳定的象征”（罗兰·巴特）。尽管我无法苟同周知堂“凡我住过的地方都是故乡”之说，但“随着一个人的渐行渐远，故乡的外延却会不断扩大，从一个小小的村镇，到一个县、一个省，直至一个国。当故乡的概念扩展至国的时候，就自然有了同义词——祖国”。

然而，家国难分，有国方有家。国安才能家安，否则，故乡就会似流云那般不安变幻，甚至沦为恶政的产物。

我之所以有如此的感悟，是根于对半生轨迹的回首，根于不知是幸耶还是不幸，因为我的乡愁竟会有多个原点，而且，作为中国人，乡关何处，还很关乎政治。

最早进入我童年感觉的故乡，是粤东梅州五华县水寨镇燕河（堂）村。在我做知青上山下乡之前，我基本上都生活在那里。母亲是燕河乡小的教师。乡小有一间房子，是我和祖母、母亲和弟妹的家。只有寒暑假，父亲才回到我们身边，他在梅县教书。

这乡小是客家围龙屋结构，楼上楼下两层。我家的窗外，紧邻一座小山，山上除长一棵树冠阔大的夜合树，还长一批阔叶梧桐树，春天一到，奶黄的桐花兴冲冲开满枝头，然后下落满地。我睇过父亲爬梧桐采枯枝。夜合树边是个篮球场。细叶柳、夹竹桃、大桉树，环绕校舍而生。乡小大门前的足球场，绿草如茵。我经常和小伙伴躺在足球场上，卧看蓝蓝的天上飘动的白云。

当时是20世纪60年代初、中期，我们的家园，还山明水净，草木有序，鱼鸟自由，生态尚好。

然而，在如此的家园快乐看云的时间并不长，那场黑色的大风暴就来了，父亲受迫突殁，死于非命……

阿婆（祖母）处理父亲的遗物，回了几天梅县丙村镇郑均大圆庄——我的出生地。这时，我才知晓阿婆与我并无血缘关系。我的父亲原是“摘帽右派”，是19岁那年才离开富农家庭，被阿婆收作养子……我跟阿婆也回过大圆庄，看过埋我胞衣的青山绿水，发出第一声哭喊的围龙屋，我就随新结识的伙伴，去抓青蛙、捉黄鳝、钓溪鱼了。清净的溪水里，倒映着故乡的云，似乎悠闲飘荡，却让我隐约不安。

在我10岁那年，我又新增了故乡——继父的故乡——横陂池溪里。

从燕河乡小到池溪里，要走两个小时的路，爬山，临河，走稻田，过菜地。我与母亲、继父走过，自个儿也走过。好长一段时间，我总不太乐意去记回池溪里的路。

在池溪里，我也开始看云了。这云，变得已似不太真实，飘在陌生的屋之上，河之上，竹之上，树之上。

池溪里是美丽的。我最近才知道，这里是人才辈出的风水宝地，是五华县杨氏的开基地，杨氏的许多裔孙，正是从池溪里走向全县，走向广西、湖南、江西、重庆、四川和台湾等省市。即便是在20世纪60年代中期，池溪里的自然环境也远要比今天的好。许是善良多于同情，池溪里的乡亲对我一家都很亲善……池溪里，善良地敞开着胸怀，为我一家！

本来，在异国他乡乡愁如此强烈的我，对故乡本该是永远一往情深的。我也知道，“故乡，无论贫穷或富有，都是自己能够骂一千遍却不许别人骂一句的地方”，但客观而论，我对故乡的感情，却远要复杂得多，甚至态度还有些暧昧，不但纠结乡关何处，甚至还曾经颇怕乡愁——童年、少年和青年初期，我总是躲闪人家问父母的姓名，也不太情愿说自己的故乡在哪里……

原因还不显明吗？曾经相当长时间，我皆身背家庭出身的“黑锅”，政治上饱受歧视，差点连高中都读不上……

好在故乡，我的蒲公英花絮般命运的故乡，仅被黑色的风，猛刮过几次……

刘皂诗《旅次朔方》：“客舍并州已十霜，归心日夜忆咸阳。无端更渡桑干水，却望并州是故乡。”故乡的更变，真能如此轻淡、平常和随意吗？

我自视是世界小提琴女神索菲娅·穆特的资深粉丝，每一次听她演奏萨拉萨蒂作曲的《流浪者之歌》，每一回承受那荡气回肠的旋律，情感深刻的潮水，都将我淹没……

是的，今天我终于明白：维系我的苦橄榄般的几个故乡，对于我，意义是各不相同的；我对每一个故乡，都是感恩深深的，无论哪个故乡，对我，都恩重如山！正因为此，我永远也无法只将故乡中的哪一个，作为唯一的故乡。

我当然是回五华故乡的时间居多，但在自己博客的简介里，我只能标榜自己是“梅州人”——各个故乡，都归梅州所辖。

传说一个人百年之后，他的灵魂是要捡齐他一生遗落在各处的深深浅浅脚印，全部送归故乡的。将来，我的灵魂捡拾脚印的工作，该不会无所适从吧。

真该感谢时代，感谢今天，我终于不必再讳言故乡，大可以正大光明地言说故乡了……

3

写到这里，我觉得该认真追问追问乡愁产生的生物学原因了，这是迄今为止，乡愁文字尚未涉足的领域。的确，这乡愁产生的生物学原因是什么呢？

生物学家马广智博士对此有独到的见解。马教授认为，只要考察大马哈鱼千里洄游返乡的现象，就可以找到乡愁产生的答案。

与水相依为命的大马哈鱼，主要分布在近北太平洋东、西两岸的海域。中国的大马哈鱼，多分布在乌苏里江、黑龙江、松花江。大马哈鱼只能在内陆江河出生，成长在海里。

夏天般的童年，
你和成群的兄弟姐妹们结伴旅行，
顺流而下。闯荡海洋。

——林志山：《大马哈鱼》

“白露”时节，曾经四年沧海、性已成熟的大马哈鱼，思乡心切，遂以同一河流出生者集结，八千里水路云和月，由外海而近海，再游进江河，魂归出生地！

这是鳞片闪烁岁月的漂泊与无常，是生命的传承与宿命，是慰藉乡愁、魂归故里、高扬生命尊严的洄游！

这是充满渴望、充满理想、充满自由也充满艰辛的洄游，是置身水的社会，却不吃水中的任何东西，仅仅靠体能搏击日月搏击生命，一切为了完成卵的发育的洄游！

终于游抵出生地了，眼前这“水乡”，水流平稳，水质澄清，水温5～7℃，河床满是石砾。无疑就是在这里，大马哈鱼经过鉴定——终于确认故乡就是在这里了，这就是童年生长的地方！

于是，在这水的故乡，鱼夫鱼妇以尾鳍、以腹鳍、以胸鳍清除淤泥，推动砾石，咬除杂草，筑出了一个与农家大铁锅深浅相同的卵圆形窝，卵，透明的卵、红色的卵，全产在这里……鱼夫妇一天天守护，透支体力十天半月后，仍坚守在这故乡，最后悄然死去，完成了生命的最终夙愿——叶落归根。

融冰化雪时节，仔鱼终于破卵壳而出，初期在石砾暗处潜伏，似是为了享受一两个月的童年时光，待身长50毫米，这水生的精灵，就以团队形式，集结出游，游过长辈游过的江河，再游入大海……然后，周而复始地游走父母之路，回归故乡！

或许你会问，在这风波不断的水社会，这些大马哈鱼，怎么就知道这洄游的水路呢？

是本能吗？应该有点。但马教授认为，更多的，还是来自大马哈鱼对故乡不可磨灭的记忆，来自心中那难耐的乡愁！

什么是生物学记忆？这就是！动物与人都存在生物学记忆。

许多小动物一出生就会爬入母亲怀抱，这是来自被母腹孕育的记忆。有的动物生下来就会游泳，这是来自遗传的记忆——记忆信息被储入基因，通过遗传而传递。

显然，洄游是物种生理变化适应外界刺激的一种周期性反应，是大马哈鱼主动、定期、定向的行为，是基于记忆的行为。

显然，作为人类，乡愁的上游也一样是生物学记忆——故乡（出生地）的一切，深深地储入了记忆。孙犁先生说过，一个人，童年时喜欢吃什么，长大后也会喜欢吃什么。我想，这是源自童年的记忆，哪怕当时对吃的东西并不在意。童年嵌入大脑的记忆，恰似玻璃上的首道划痕，难以遮蔽，无论你再划多少划痕。

显然，你的童年在哪里，故乡就在哪里；你不在中国出生，在国外度过童年，就绝无中国式乡愁。中国式乡愁的根据地和起跑线，只能在中国。

任何文化，都由群体习惯性思想和行为构成；中国式乡愁文化，无疑只能来自群体中国人的思想和行为，来自中国人久远的、依生命体代代传承的生命深处潜在的对故乡的记忆——来自中国人群体的“无意识”（潜意识）。

只要想一想，年年岁岁，中国年还在望中，我们中华民族凭集体乡愁记忆（集体无意识），就开始了举世惊讶的群体大迁徙——春运，并无任何行政指令。

然而，如此的中华民族的集体乡愁，只是形成于当代人的有生之年吗？非也！

瑞士心理学家荣格认为，最早的乡愁种子，在远古的“神话”中就已播下。余秋雨先生在《君子之道》中也认为：“每个古老的民族都有很多‘大神话’，还会引发出很多‘小神话’，这就是荣格所说的‘梦’。这神话和梦，都以‘原型’（archetype）‘原始意象’（primordial images）的方式成为一个民族的‘自画像’（self-portrait），反复出现在集体心理活动中。”显然，中国年的神话及习俗，无疑就是中华民族已成恒久记忆的“集体心理活动”，是延续万代的中国乡愁“神话”。

基于“文化的终极成果是人格（personality）”，而且还是“集体人格”，我有理由说，中华民族的“乡愁文化”，不但铸造了中华民族的“乡愁人格”，同时，在促进重故土、重家国、重团圆、重精神与情感品格之上，也为中华民族做出了非凡的贡献！

4

在宇宙飞船上，宇航员以肉眼能够看清的最亲近地球的物质是什么？我想，必定是故乡的云。

童年的我，在绿茵场上看到的最亲近大地的朵朵飘浮物，也是云——故乡的云。

“云，是停留大气层上的水滴或冰晶胶体的集合体。云是地球上庞大的水循环的有形的结果。太阳照在地球的表面，水蒸发形成水蒸气，一旦水汽过饱和，水分子就会聚集在空气中的微尘（凝结核）周围，由此产生的水滴或冰晶将阳光散射到各个方向，这就产生了云的外观。”

云的家族无论多庞大，何等异彩纷呈，都由“地面上的水吸热变成水蒸气遇冷而形成”。庄稼人说“云是从土地里升腾起来的”。的确，伏贴大地的雾，轻摇而升空，身份就变成云了。

云游于天，不留脚印，但云的故乡，却永远是在天上。云是天子。

云兮，时而飘忽、驿动，时而娴静、柔软，时而轻盈、快乐，时而凝重、恼怒。飘飘荡荡，离离散散，聚聚合合，有生有亡。

马雅可夫斯基曾咏叹云是“永恒的流浪者”，然而，无论你怎么流浪，心仍然向着地球，身体也永远被故土所牵。

中国文化认为水是器，是堪有大用之物，是物质，也是精神，是情感，也是哲学，更是德与道。云的重量，基本上就是水的重量，所以，云是有重量的水之书，更似精神之书。

游子与故乡的情感，难道不也像土地与云若即若离、似离实联吗？由此，就不难理解中华民族最天才的游子李白，这位背井离乡后一次也未回故乡，可乡愁一直绵绵不绝的中华民族最大的精神游子，何以绣口一张，就能吟出“云”与故乡的千古之缘了——

浮云游子意，落日故人情。

如此天启神授的诗句，等于在说游子与云的情感宿命，已然漂泊，却何以会似故乡的落日般凝重。

事实上，游子心有不甘的漂泊，被故乡慰藉的漂泊，甚至又是比不上雁的（雁是有灵魂的云）。

天空必有母亲般温柔的胸脯，

那样广延，可以感到鲜血的温暖，随时保持着慰抚的姿态。

——白荻：《天空》

雁啊，年年秋天，你都会被乡情牵引，往南飞……

回家，雁需有御风的翅膀；人成为故乡的云，拥有乡愁，不也同样需要条件吗？

忘不了那年金秋，国家启动了高考改革，我携带并不配套的课本，回了趟天梅县大圆庄，修葺祖屋，变卖屋址，托运家具……我当时其实仍是惶惑的，不太相信仅凭高考成绩就能上大学。高考前填政审表，出于种种想法，我换了姓名……因为形势，也因贵人相助，还因为幸运（尽管仍颇多曲折），我，还是考进了南京气象学院（今南京信息工程大学），被录取为农业气象学专业 1978 级的新生。

那是一个秋晨，天上该飘有白云，我与熟稔的故乡挥了挥手，算是告别，兴许还带有一些告别困境和无奈的意味。从此，一朵故乡的云，飘向了远方。

我本是粤东梅州客家人。客家人，是从中原迁徙而来客居他乡的民系，是百年来名人辈出的民系。客家人，不就是优秀的在这个世界上漂泊的云系吗？想那千年前，祖辈的迁徙之途上，定然是飘动过故乡的云影的，这些烙入了祖辈心灵的云影，必定也进入了我的血脉，储入了我的基因，构成了我生命的密码。

5

时代在变，故乡的内涵也在变；故乡在异化，正在沦落成精神符号。事业，作为你的情感和精神领地，是否才是你永恒的故乡，是你的精神家园？你是否似追求爱情那般，以乡愁的冲动去寻觅和建设精神家园？

我深知，营建精神家园是人活着的第一要素，更是人与动物的主要区别。

我曾和珠海一位诗人谈论乡愁，一致认为乡愁属精神家园。诗人说他写诗，写的多是珠海经年精神无根的漂泊与呐喊，写役物反被物役的灵魂，写对精神家园的探寻和精神慰藉。

有个说法是“人与人的差异永远在于愿望，在于生命欲罢不能的那个东西”。这个“愿望”或者“东西”，其根，只能是精神家园——你的事业和感情所在地。

而现在我需要提出的，是这精神家园的起点究竟在哪里？难道不就是源自童年对远方的向往吗？

很难说得清远方的诱惑有多大，但我认为，只要是人，在心灵深处，都必然存在走向远方的潜在愿望，无论谁的童年，都会有朦胧、诱惑的远方。即便今天，每当听到三毛填词的《橄榄树》，听到那凄惶难耐的旋律，看到那远方云影下橄榄的树影，我心中，都生似曾相识之感，就像复习童年的课文，漫生会意与共鸣。

童年的我，就常常站在燕河乡小那口叫岭背塘的大池塘边，久久眺望远方，小脑袋当时便充满疑问，那水牛般静卧的山峦后面，山巅剪影似的林子后，那红云旗帜飘荡下的朦胧所在，会有些什么呢？

我想，如果你没有童年对远方的憧憬，你大抵就不可能成为飘离故乡的云，故乡也无法变成你的精神家园。

曾翻读一本诗集《出生地》。这书是把出生地等同于故乡的，但我今天已经更坚定地认为，故乡，就是你生命的一部分，是你的精神出生地，精神的恩养，灵魂的维系之地，是精神的水井。

你回到精神出生地（精神故乡），就等于回到了大地与诚实、责任与正义、自由的呼吸、从容的精神、事业的动力——这才是抵及精神家园的含义。

而且，这人生最奢侈的建筑是耸立在哪里呢？我想，就耸立在精神家园，耸立在成功的事业里，甚至可化作还乡的“衣锦”。想那当上皇帝的刘邦荣归故乡后，所唱响、至今飘荡在华夏风里的《大风歌》，是何等得意和慰藉精神啊——这难道还不是刘皇帝“艰险卓绝”的精神建构和追求吗？

精神家园，成了人安身立命的平台。

想起一段往事。那是在秋雨凄冷的年月，五华县的中小学教师，统统得回乡“闹革命”。明天一早，母亲就要带我和弟妹，迁徙入池溪里，妈妈要在池溪里乡小教书（我当时并不明白池溪里对我们的意义），迎接我们的，将是陌生的生活。就在当天中午，阿婆搭上汽车，已与我们泪别，她还是决意回梅县大圆庄（阿婆回去后来信，说总梦见孙儿孙女，几个月后还是来到了池溪里，最后，也终老在池溪里）。

那夜，燕河乡小仅留下我残缺的家。妈妈、婶娘、弟妹和我，挤在一张床上，屏住气息，竖直耳朵，惊恐地捕捉二楼的神秘声响，那像石子跌落木棚板的声响，奇怪而大，已恐怖大半夜了……

前年叔父辞世，我兄弟俩匆匆回池溪里奔丧。在叔父的葬礼上，哀伤中的我对弟弟说："在那个灾难的年月，幸好池溪里接纳了我们!"故乡池溪里，在当时，除寄寓我的身，也一样安慰我的精神——池溪里于我一家，难道不也是精神家园吗?

的确，精神源于现实，现实影响精神，也支撑精神，地理故乡无法排除精神故乡，故乡成了精神的守护神；假如你丧失了地理故乡，精神故乡不是坍塌，也会似如今的乡愁，宛若无根之萍。

梅县故乡大圆庄，我少年时阿婆带我回去过——我出生的那个小围龙屋，窗外若隐若现的是青山、绵延的小溪、起伏的稻田，工作后我也曾回去过两次，来去匆匆。

在不正常的岁月，人对精神家园的态度，是异样的，也不屑于精神家园的有无。昌明的政治，是以打消精神顾虑为前提的。

好在政治生态，已今是而昨非。我终于能够正大光明地说出自己有几个故乡，可以正大光明地说起大圆庄、燕河乡小和池溪里的一切了，可以不忌讳故乡水稻般和苦菜般的记忆了。我至今记得，在燕河乡小，在那段灾难重重的童年，我行走在去岭背队寻找玩伴的田塍上，经常是以投影水田身影的形状，来预测一天之境遇的……

我庆幸那苦难的日子，那害怕人家问我故乡的日子，对故乡隐约其辞的日子，已然远去。

现象学认为，当你在观照意念对象的同时，这对象，事实上也会进入你的内心，驻入你的意识，成为你的一部分，化作你的精神。推而言之，今天，做了游子的我们，故乡的许许多多物质与文化，必然常在念中，更会归入你的心灵，融入你的精神家园。

正可谓——

地理乡愁与精神乡愁水乳交融，地理故乡和精神家园珠联璧合。

难道还不是知识分子伟大的精神沃土吗？情系我们的故乡！

6

我越来越认为，在今天，在中国，乡愁病了，已是不争的事实。但是，我们的人生，没有乡愁不行，乡愁病得太重也不行，没有乡愁也是一种病。任何人都无权消灭乡愁。

乡愁也无法医治。我们现在最需要的是，如何不忘乡愁、善待乡愁、慰藉乡愁，让乡愁成为精神的原动力！

前些年，为慰藉乡愁，我回过燕河乡小多次，每次都不想惊扰任何人，但我未曾想到：现实却一次比一次让情感受挫、精神失落——我生活了十多年的乡野，如今已被连根替换，面目全非！

客家民居式的校舍早变成了现代建筑，足球场又窄又不平，去岭背队的田塍杂草丛生，那么宽阔的池塘，只剩篮球场大小的水域，水浅无鱼。我和祖母种菜浇园的岭丘垄地，基本已只见楼房，不再长蔬菜。田野杂芜凌乱，杂乱拥挤。

当年，那场黑色风暴，尽管吹刮得故乡犹同风中的鸟巢，但那时，田园至少还算宁静、温馨和规整的，池塘水也清洁，还能游泳，井水甘甜。稻谷黄熟时节，你一锄头下去，翻开的泥块间，可立见几条弹跳的泥鳅……

如今，泥鳅不见了，中国斗鱼不见了，土地肥力丧失了——故乡变异了。沦落至此的故乡，春夜，还能有蛙鼓吗？

现实使我痛苦地明白，故乡，我的节奏缓慢、纯朴、实诚的故乡，在现实生活的物质性和功利至上的大洪水面前，在土地日益市场化、城市化，在精神道义与金钱没有硝烟的较量中，已被整修、被非礼、被结扎、被篡改、被失重……魂魄在被异化！今天的故乡，节气在退休，农事已模糊，农历被遗忘，农业已淡出，连空气也脱离了曾经的纯粹……

我的故乡大圆庄和池溪里，难道不也是这样的吗？谁的故乡不在承受如此的“礼遇”呢？

用不着背负青天俯视神州，你只要站在大地上，就足以明白，整个中国，日薄西山的是农业社会的诗意，格式化的是乡村的耕读情怀，“采菊东篱下，悠然见南山”的悠闲诗韵已荡然无存，把酒话桑麻邻翁相对饮的亲情亦被完全消解，乡邻朴实单纯的旧船票已难以登上现实的客船。

该去哪里寻觅？河畔折柳的送别，渭水上萧萧的风，长江两岸的猿啼，汉阳琴台凄清的芳草……

的确，在今天，在偌大的中国版图上——我们安详、静谧、原生态的故乡，已走向消失！被异化和被消亡的，还有与故乡相连的精神、情感和梦。

我终于明白，我何以会把《集结号》主题曲唱的“还有什么比死亡更容易”，有时幻听成“还有什么比故乡的消失更容易”。

是啊，你返回日夜思念的故乡，可故乡，已彻头彻尾不再是你记忆中的故乡了，你的故乡，既似又不似卡夫卡的《城堡》——你人已进村，但你的心，却无法真正回到故乡。

你，不是有几个“故乡”吗？我们不是也有三类“故乡”吗？一是被异化的“故乡”（当前现实），二是记忆屏幕里的故乡（记忆现实），三是童年生活的故乡（过去现实），这真恰似哈哈铜镜的三面，熠熠生辉，光鉴天地……

其实，这些“故乡”你都无法回去了，即便能回去，如此的“故乡”，也不是你在情感上愿意回去的故乡，并不能慰藉你的魂魄。

我想，这真等同于你朝思暮想一个人，好不容易见了面，却发现他根本就不是你心中的那个他，这也等同于陶令失去了南山东篱，苏轼沦陷了黄州东坡，宝玉丧失了引领精神的黛玉。

这亦等同于已将我的写作源头异化。写作，被我一直当作精神家园（事业）而经营，我的写作源头无法不是源自故乡。我的系列“自然笔记”——以精神和生命营建的精神家园，维系的自然物候、自然风情、自然生态、自然精神、自然哲学，无不与故乡的山水气息相通。诚如莫言先生所说，作家是用文学的方式拓展故乡，这是对故乡的一种超越。我想，任何作家、艺术家，如果丧失了精神故乡，精神家园业已沉沦，其艺术创造，还能不等同于井枯水、树断根吗？

我们已经没有传统意义上的故乡了，也没有传统的民间了。或许，你也用不着再寻找故乡了。你业已陷入悖谬：你不知自己是谁。没有了故乡的你不就是没有来处的你吗？来处既然没有，你还可能知道自己是谁吗？你又将何往？如此个体身份认同的焦虑，断断不是什么个案，而是当下的普遍现象、普遍之病、精神之病！

美国著名社会心理学家马斯洛在《人类激励理论》中认为：人的需求由低到高，依次可分出生理需求、安全需求、爱和归属感（亦称为社交需求）、尊重和自我实现（含自我超越需求）五个层次。我发现，层次越后者，其精神的因素就越重，当然，就越扎入精神家园的幽深之处。

可如今，家园的异化，又怎么“体现尊重自然、顺应自然、天人合一的理念”？你缥缈的乡情乡思何处栖寄？又如何让人民“记得住乡愁”？精神家园已无法圆满，又何以可问自己“从哪里来”？

如何才能让故乡（地理故乡、精神故乡）真正地科学发展？

其实，作为一介游子，我并不反对乡村的现代化，只是反对如此地让乡村的物质与精神失衡的现代化，反对丧失精神家园的现代化，反对破坏中国传统文明及乡愁的现代化！

如果要问世道对游子最大的欺骗和伤害是什么？我以为，就是对故乡的异化——故乡的覆灭！

18 世纪德国浪漫诗人、短命天才诺瓦利斯说得非常深刻：“哲学就是怀着一种乡愁的冲动到处去寻找家园。”也有人说：“哲学就是一种思考，乃一种寻根式的本质化的思考，源于一种不安。”

逛韩国超市时，我发现那印有“身土不二”的袋装大米，价格是最为昂贵的。身土不二？是的，身土不二。这无疑等于对世人说：田里长的稻米也好，站立的人也好，社会也好，这乡愁，这精神家园，都是“身土不二”的，是唯一的……乡土就是你的精神之根，你无法分离，更别无选择！

然而，怎么办？苍茫尘世，何处寄乡愁？

我想起俄罗斯大诗人叶赛宁的那句名言：“我抵达故乡，

我即胜利。”进入精神家园、抵达精神故乡，就没有任何道路了吗？

作为华夏儿女，我推崇“中国梦”——这是以美好观念和行为建构中国人的物质家园和精神家园的大梦，是耸立在精神家园的大梦，惠泽苍生惠泽地球村的绿色梦，更是慰藉乡愁之梦。

无疑在承接中华民族长期以来的精神理想和不懈追求，这中国梦！

“日暮乡关何处是？”唐时，诗人崔颢伫立于落日映照的黄鹤楼，断鸿声里，面对萋萋芳草，以伟大汉语吟出了这句千古之问，我想，于今天看来，这除了是人生饱受精神流落的无奈之问，难道就不包含中国人，对着力营建精神家园、构筑伟大的“中国梦”历程之关切和忧患吗？

人　蚁

蚂蚁不只是灵蚁，更是人蚁。

——手记

1

它，是蚂蚁社会的缔造者，蚂蚁王国的蚁后，也是女王。

它的显赫地位，在洞房花烛之夜就已奠定。

它记得那个喜悲交加的历史性时刻：它与雄蚁一见钟情，不闻锣鼓喧天，没有双喜红字，没有拜天地，却在天地间结良缘。严格地说，是在浪漫飞行中交尾，一降落大地，它就果决地脱去四翅，凭本能体会到了尘世的莫测，明白随时将有敌人来袭。自己是如此衰弱，能否多子多福——能否繁育足量的蚂蚁尚未可知，却知道曾有许多“准蚁后”，虽完成了婚飞，却没能活到开国大典。

幸好慈母般宽厚、温暖和稳实的大地，一直敞开胸怀。择土质松弛的所在，它掘了深 30 厘米、直径 5 ~6 厘米的井，这就是它所谓的巢，神圣的产房。

它似乎听见卵在腹内悄悄地发育，自己的体重却一天天变轻。它把自己推至饿死与新生的十字路口。

小蚂蚁孵化出壳了。这第一批幼蚁，会有谁帮它哺育呢？它忍饥挨饿，拖着疲软的身体，嘴饲幼蚁食物，直至这第一批接班人成年。

它深知唯有这批幼蚁成年后，自己才算坐稳了江山，可独享清福。它还深知自己需不断交配，否则就无法确保蚁国人丁兴旺。

它始有了成就感。

它也有了自己的王国体系——由它和丈夫、工蚁及兵蚁四种蚂蚁构成。

王国的阶级分工既单一又古板，也可说严明，且自成体系。每个蚂蚁的阶级地位、职责，各阶级成员的身体造型，似乎都是神严格匹配好的。

在这个王国里，奉行“蚁道主义”，生命、生存、职能与体制法则同构，比人类所谓儒家文化的君臣父子观、贵贱等级观还严格，有过之而无不及。构建这等王国体系，靠不了桃园结义的盟约，不依靠公文，不需要行政命令，无须制定组织原则，也不必票决。

至于国家体制，连同立国宪章及一系列道德与行为规范，同样该由神匹配的，既奇特又鲜明，严谨得似机器，简单如二二得四，蚁国的“职能”就被推向了极致。

作为女王，它有群体中堪称硕大的体形；作为母亲，它腹部阔大，生殖器官发达——是王国中唯一能产卵的蚁，这意味着只有它是这一群体中所有蚂蚁的娘。至于它的短触角、小胸足，甚至无翅，似乎都并不要紧，能够坐稳最高领袖的宝座才是最重要的。

有道是“一夜夫妻百日恩”。它经常怀念第一任丈夫——国父（父蚁），这死鬼其貌不扬，头又小又圆，上颚并不发达，还触角细长，为何自己会与之相见恨晚呢？这死鬼还那么短寿，刚过洞房花烛夜，就丢下蚁后走了。

它似乎更关爱埋头苦干的工蚁（职蚁）。工蚁大部分是雌性，也都是小复眼，单眼，极微小，倒是上颚、触角和三对胸足发达，适于劳碌奔走，这一切都是为做个好奴隶而天生的吧。工蚁的个头在群体中最谦卑了，却是最能体现蚂蚁精神的子民，是数量最多的臣民。

值得同情的，是那些雌性工蚁，还无翅，只有做工作机器的命；它们一辈子都无法婚配，丧失爱的权利，也丧失生殖能力，却劳作一生不断地建巢，尽管这巢是非常环保、节能的艺术品，还无具体的建造蓝图。工蚁，尽管不停搬食物回家，要照顾蚁卵，要喂养弟妹，还要照料蚁后的生活起居，而这蚁后真是寿比南山，是能够生活15年的——假如工蚁集体罢工，蚁后就只有等死的命，好在蚂蚁社会从来就没有罢工那回事。

蚂蚁王国既然还是帝国，就不可能没有军队；蚁军，清一色全是兵蚁。

兵蚁和工蚁，都一心一意侍奉女王、效忠女王。

这样的生灵，同种个体既合作又都能照顾幼体，子代都在一段时间里照顾上一代，劳动分工系统还非常精确，真无愧是典型的“昆虫社会”啊！与其说是超级生物体，特殊部落，极权主义国家，我想，还不如说是无隙的铁板的精神意志，其价值指向，无疑是生存为大，劳动光荣，合作至上，还依仗强权统治，这无疑就是国家主义，是以蚁后为中心的国家主义。

这教我们明白：在蚂蚁王国那里，所谓的个人主义抑或个体，全是子虚乌有的，是一点也不以个体为本的，个体即便有也是意义等于零的，因为个体和整体已经等同，个体在本质上已彻底等同于整个王国，等同于比铁板还坚硬的精神意志。

如此的蚂蚁社会，可真是生物进化史上的伟大奇迹啊！

2

蚂蚁的生存策略，既奇特又不凡，因而你可能要问，蚂蚁是否拥有自己的哲学？其实，很久以来，我也质疑这个问题。近读美国学者吉姆·罗恩的著述，按照他的见解，蚂蚁不但有哲学，还是四部哲学：第一部叫永不放弃，第二部是未雨绸缪，第三部为期待满怀，最后一部则是竭尽全力。这哲学你说缜密吗？然却已抵达蚂蚁的精神内核。

想一想，在这个大地上，在生物里头，蚂蚁的智慧已足以未雨绸缪。它们储备粮食，备战备荒。北风时至，严冬一到，再辛劳的蚂蚁也难以觅食，然而，长期进化而成的蚂蚁年生物钟，却可提示其做足越冬食物的储备。在冬天到来之前，它们将杂草种子搬入巢，一部分是过冬食物，一部分留作翌年播种。澳大利亚有的工蚁甚至会将自己的身体当作食物储藏罐：采集花蜜后，吞进肚子，任凭肚子被胀成怪异的形状，再驯顺地把身体膨大的自己倒挂在巢穴的“天花板”上。

它们经营农场，发展畜牧业。考证表明，蚂蚁的农场业经营期已超五千万年，而人类有农业的历史不过万余年。

蚁穴农场生长怎样的作物？蚁类学家认为有类似蘑菇的真菌（553 种蚂蚁会培植真菌）。人类种的作物，大部分属有性繁殖，蚂蚁种的真菌却是无性繁殖。蚂蚁善于施肥，肥料即自己的方便之物。蚂蚁还慧眼识珠，可辨识威胁真菌的野生菌孢子，会把之搬走。蚂蚁以抗生素作“除草剂”。

蚂蚁和人类都讲求气味相投，可到了蚂蚁那里，气味还是判识是否为一路蚁的标准。联络、沟通，在蚂蚁那里，任何时候，都是光明正大的事，只是它们联络、沟通，依靠的是信息素。信息素何物也？蚂蚁身体分泌的芳香物也，我以为信息素，就是蚂蚁天地里高高挂起的身份“红灯笼”。

蚂蚁为王国利益觅食，从不先满足自己的口腹之欲。无论谁发现食物，惊喜之余，都绝不自个儿独享，而是赶紧搬回家。假如遇上“庞然大物”，比如对蛾、蝶等需要团队合作才能搬运者，蚂蚁会将信息素播撒于食物，再衔一小块往巢赶。不是有雁过留声之说吗？信息素的芳香信号，成了留在路上之标记了。蚂蚁闻香蜂至，纷纷加入搬运大军，于是乎，天幕下就出现秩序井然队伍绵长的蚂蚁搬运队了。

客死他乡的蚂蚁，会因身上的信息素，被同族蚂蚁识得，得以尸骨还乡。

完全可以想象，作为小小的生灵，蚂蚁的视野还不十分开阔，好在它们也重视方向路线，也感恩太阳。它们把握方向路线靠什么？靠周围的景致，靠太阳来定位。蚁类学家曾以草帽状的工具遮住回巢蚁之路，仅在帽顶留出可见蓝天太阳的一个小孔，而它们仍能顺利回家；如果改用大黑板遮盖上空，并将黑板压低让它们不见天日，它们就会六神无主，迷失方向，胡乱爬行。

在大地的每一个角落，我相信蚂蚁都能存活。面朝大地，春暖蚁家。然而，蚁们回家主要靠什么思维呢？我以为，它们能回家主要还是靠直觉思维，以直觉计程。蚁类学家做过一个实验，是个残忍的实验：他们在距蚂穴 10 米远的地方放置食物，然后捉一批蚂蚁分成三组，将一组的腿锯短 1 毫米，另一组的腿像接高跷一样加长 1 毫米，结果被改变了腿长短的两组蚂蚁，依然归心似箭，但在驭食物回家时，却都估错了家的位置：与腿正常的蚁比，长腿多走了5米，短腿少走了5米。

蚂蚁生活在蓝天白云下，生活在风雨飘摇的世道，有时难免遭受雨水浸窝。雨水万一来袭，蚂蚁都会组织起来，一边堵通道一边向窝的深下部转移。蚂蚁也生活在下层，熟悉土壤的疏水性、吸水性。蚂蚁也会记取历史的经验，而且修炼到了理性的高度，不至于下小雨，也匆忙搬家了。

在夜幕下，细小的蚂蚁与大地上庞大的东西一样，形体大小难以辨析。白天和黑夜，依然在递嬗交替，依然影响着蚂蚁的生活节律。蚂蚁能够懂得黑夜是某种东西的象征吗？至少，蚂蚁喜欢居住在黑暗处，尽管其对黑夜一直保持高度的敏感和警惕。夜幕尚未降临，它们就早早回了家，家再远，也要归。小时候我玩恶作剧，黄昏前朝蚂蚁回家的必经之路泼洒过大摊热水，放置过燃红木炭，这对蚂蚁而言早已甚于李白眼中的“歧路”，每每至此，蚂蚁都会有片刻犹豫，然后再绕道而行。

在蚂蚁身上同样可以照出人类喜当主子的秉性。蚂蚁就善蓄家奴。据考，蚁巢内生活的各种节肢动物就可达3000种。蚂蚁独独喜蓄产蜜昆虫。你恐怕是很难想象蚂蚁是如何驯养家奴的。那些蓄于蚁巢的蚜虫、介壳虫、角蝉和灰蝶幼虫们，一如人类的家畜，因驯服已渐次丧失本性，身体功能大为退化，甚至无法跳跃，只好堕落为给主子产“酒露”的奴隶。

楚汉相争的乌江边“汉室江山蚁聚成”的迷幻文字，离不开蚂蚁的嗜糖习性，而蚂蚁能否似曹孟德那般对酒当歌却未可知，但是，蚂蚁蓄养家奴蚜虫，却断断与嗜“酒”有关。蚜虫身长五六毫米，只要蚂蚁举起触角轻搔其屁股，蚜虫都会乖乖翘起屁股，猛喷一股含糖的“酒露”，蚂蚁爱喝。

我想，与其说蚂蚁爱家奴，不如说是在和蚜虫建立利益关系。冬天，蚂蚁总会将蚜虫卵藏入蚁巢，以免冻死。风暖日晴的正午，蚂蚁将蚜虫卵搬出蚁巢晒冬阳。春满人间之时，蚂蚁又会把对命运尚且朦胧的幼小蚜虫驭出巢外，让它们吃上新鲜植物，认识寒暖。

3

或许你晓得，蚂蚁这种群居性动物，其历史可上溯到一亿年前，大约与恐龙是同一时代的昆虫。然而，在比其晚生四千万年的人类眼里，蚂蚁一直是那么渺小，被熟视无睹，甚至你走在路上伤了这种智慧型的精神与生命同体的生灵也全然不顾。《旧约圣经》本有言："去察看蚂蚁的动作，可以得到智慧。"可尘世如此对待它们，着实不公。

我想，在蚂蚁眼里，王国利益任何时候都是高于一切的。蚂蚁组织能力超强，深谙团队就是力量，团结就是生命，必须团队合作至上，以永不言弃为干事的底线。

生物学家威尔逊教授亲眼见过：有只肥大的马蜂在林地养伤，一只小蚂蚁爬过去，咬住它的翅膀欲拖走。马蜂自恃体形硕大，并不把蚂蚁放在眼里，翅膀一扇就把蚂蚁扇出老远。可蚂蚁并不放弃……没过多久，小蚂蚁身后领来了一大群黑压压的蚂蚁，很快就把大马蜂围得水泄不通。马蜂拼命扇动受伤的翅膀，却飞不起来。一拥而上的蚂蚁，顷刻爬满马蜂全身……马蜂只能束手就擒，被抬的抬，拖的拖，运往蚁巢。

一只蚂蚁能举起超自身体重 400 倍的食物，能拖运超过自身体重 1700 倍的东西。哈佛大学昆虫学家马克莫费特观察到，10 多只蚂蚁齐心协力，就搬走了超过它们体重近百倍的动物。

蚂蚁是否真如此厉害，我深感疑惑，而蚂蚁有“神力”却是千真万确的。蚁类学家说蚂蚁的“神力”来自腿部肌肉内的“力气发动机”，这“力气发动机”以含磷化合物三磷酸腺苷为“燃料”。

蚂蚁的团队合作，既善动脑筋，也善走捷径。有一种带螯针的翘尾蚁，为捉彼树的小虫，假如两棵树的距离较近，它们会互相咬紧同伴的后足，连成长长的“索桥”，自树上垂吊而下，借风力飘荡到对面那棵树上去。

最令人惊骇的是，蚂蚁身上那突出而最令人敬畏的秉性，这就是它们与生俱来的不利我、义无反顾情愿牺牲自己的精神。

法布尔说，一次他燃起一支蜡烛插在蚁巢之顶，一分钟后，“火警”被蚂蚁觉察，它们显得有些慌乱，没过多久，部署停当，蚂蚁便胸有成竹起来，一队队秩序井然地爬近燃烧的烛芯，掉转屁股以分泌的蚁酸来灭火，直至烛火熄灭。三天后法布尔重做这个实验，蚁们已经全然不惊，不但能快速灭火，还没有蚂蚁殉难。

假如遭遇陷蚁巢于绝境的大火，它们会毫不迟疑抱成篮球大小的蚁球，将蚁王紧紧拥裹在球心，然后义无反顾，滚雪球般滚离火海，那情景真是壮烈！

我童年时有一年冬天，家乡大洪水，我和小伙伴沿着北风河岸赶路，突见上游漂来个黑乎乎蠕动的东西，近前一看，原是蚂蚁身体结成的厚厚的蚁筏，像登陆艇一样设法靠岸。现在我想，这个飘摇的蚁筏上，必有女王，有众多幼蚁，它们只求女王安然登陆，其他都在所不惜了……受到河水的冲击，外围的蚂蚁像锈腐的铁屑层层剥落，被起伏的波涛冲走……马上将触及堤岸了，这时蚁筏突然像卷轴有序地松开、伸展，像在伸出长“桥”的登陆艇，朝堤岸靠过去……后面的蚂蚁踏着同伴的身体之“桥”爬上岸。河中，留下的一小团一小团漂浮的蚂蚁，三三两两抱在一起，霎时，就被洪水吞噬了……

除了团队合作共渡难关，蚂蚁永远爱你憎你没商量，简直是集团排斥异己，疾恶如仇。来自不同窝的蚂蚁，身上带有不同的“窝味”。每只蚂蚁都有辨识“窝味”的看家本领。一旦觉察咫尺间的蚂蚁味儿不对，马上翻脸不认人。如果你用水洗过不同窝的蚂蚁，“窝味”既除，它们则会和平共处。只是你千万不要朝蚂蚁身上滴香水，那样你会害得其有家难回，任何蚂蚁都将拒之门外。

蚂蚁还会组织起来，发动蚁团大战，杀伐旁族蚂蚁，攻城略地，侵吞邻国，扩张势力范围。蚂蚁好战的本性，古籍亦有记载。汉初的《尔雅·释篇》称蚂蚁为“玄驹”，而后的《大戴礼记》注“玄驹者，蚁也”，明代李时珍在《本草纲目》释“大蚁喜酣战，故有马驹之称”。

我觉得，在这烽烟四起的世界，唯兵蚁才是王国最忠诚的卫兵。占群体总数10%的兵蚁，个个皆“职业杀手”，都雄起硕大的头，脑袋裹着发达的肌肉，三角形的上颚更是异常锐利。激战一打响，每个兵蚁都会遵守战争约定，不朝敌人刺蜇或喷射毒液，只以钢丝钳似的上颚，猛切敌人的头和肢体。“城在人在，城亡蚁亡。”一旦遭到强敌灭顶攻击，女王生命危在旦夕，它们就会将自身作为“蚁肉炸弹”——猛缩腹部，使身体如气球般爆裂，将充满毒液的腺体溅向敌人，与敌人同归于尽。

风和日丽的日子，和平的日子，兵蚁大都在巢内东遛西逛，无所事事，当然，偶尔也陪伴小工蚁出门，掠夺食物。它们枕戈待旦。

我们面对的问题还有：为了共同的王国，蚂蚁何以会不惜献身？对此，蚁类学家多以种内斗争的理论作阐释，莫衷一是。有的认为，蚁仗多由抢夺食物引发。较多观点认为，蚂蚁之战并非什么种内斗争，而是蚁类间的化学强制反应。生物学家汉密尔顿教授还认为是遗传原因，致使蚁们达成共识：抚育兄弟姐妹远要比养育儿女重要，因而兄弟姐妹关系，变得远亲于其他动物。正是蚂蚁特殊的生理特性，独特的生活磨砺，使得勤劳的工蚁能倾心服务群体，使兵蚁不顾生死存亡，百战不殆……

兵蚁经鏖战鸣金收兵尸横遍野之时，想必是长风如泣，落日苍黄，残阳如血。

别以为奋勇杀敌的兵蚁就没有柔情，就只有铁石心肠。生活在非洲沙漠的兵蚁，若是战友沙场光荣了，它们就会一起来，走出长长的送葬队伍，将殉难烈士送至固定的墓地……

也别以为庸常的日子里蚂蚁没有期待。冬天里，蚂蚁向往春夏秋天。被呼啸北风吹得孱弱飘摇的蚂蚁，该也会提醒自己：既然严寒就要过去，春天还会远吗？

4

在世人眼里如此渺小的生灵，又是如何被修炼成钢的？人啊，你对蚂蚁的认识，说得上已全然清晰、清楚和深入吗？

王者至上，王国为大，精神信仰，蚁后统治，体制有效，阶级分明，统一协作，蓄奴畜牧，独营农场，卫国攻城……凭这些与蚂蚁宿命相连的品德特质的认识，你就敢断言构成了人对蚂蚁社会的全面认知吗？

在蚂蚁社会，个体恪守等级分工，死心塌地遵循蚁国显潜规则，此种生存环境，与个体的自由到底潜伏着怎样的关系？是否全然不考虑个体的生存理由，不考虑个体的自由权利，只凭奇异的精神信仰，就可以筑出独特而完整的蚂蚁社会呢？

这地球村，有人“不自由，毋宁死”。在蚂蚁社会，是否正因为没有了个体的自由，才换来整个蚁国的自由，才导致个体蚂蚁普遍拥有了自由呢？

蚂蚁，你看上去过于刻板、过于程式化的行为方式，是否反成了纵横天下的“利器”呢？

亿万年来，蚂蚁社会可持续发展的根本动因是什么？在大地上没有根的蚂蚁，能够子后有孙，孙后有子，还可能永远存活下去，是否由于一直拥有大地母亲的博爱呢？

乌托邦本是人类之梦，而如此的精神图景，居然在蚂蚁那里先行建成，且运作得如此成功。

自然法则告诉我们：人类无法完全彻底认识蚂蚁，只能不断深入地认识蚂蚁。

江山代有才人出。历史依然期待有蚂蚁研究的大智者横空出世。

感谢蚂蚁研究权威威尔逊教授，以宽广的学术视野，犀利的哲人眼光，首创著名的“社会生物学”，将蚂蚁研究推入经济学、艺术乃至宗教等领域，力倡“社会生物学以最新的方式最好地解释人类群体行为的细微部分”，断言人类在内的各种生物的许多习性，都有共同的生物学根源……如此由蚁及人、人蚁对照的研究方式，为人类学研究赫然竖立起一面蚁国之镜。

其实，我以为蚂蚁社会这面明镜，与人类社会之镜，已双双构成“互镜现象”——从人类社会的行径，可读出蚂蚁行为；由蚂蚁行为，也可睇出人类的精神镜像……

我想，这天地之间，众生万物，都是大自然共同体中的成员，都弥足珍贵。

世人，又有什么理由，不敬畏蚂蚁呢?

心月何处寻

人与月本来存在两种联系：一是物质物理式联系，使人有月可观，月对人产生引力，月光和潮汐影响人寰；二是诗性（精神）联系，正因为有此联系才使得旧时月能成为人类中得心源月——心月或“人文自然”月。可是，这种诗性联系，而今安在哉？

——手记

1　明月，自盘古开天地以来就是全人类仰望的对象

仰望明月是人类的福祉。自从盘古开天地，这种仰望就开始了。这是非常纯净、纯洁、纯粹的仰望；是不分贫贱、没有压迫，也不交银两，不染任何功利的仰望。试想，有哪一次的仰望，不是满披秋水银霜呢？我们的先人吟唱：

明月悠悠照千秋，月光满地却不流。
人生易老月难老，弹指之间雪满头。

俯仰之间，人类望月，在那丰盈的感兴之中，是无法不蕴含敬畏的——人类对高高在上的东西什么时候能脱开敬畏呢?

想来，人类望月又的确是出自本能，出于低下的地位，出于喜欢眼睛朝上的所为。这当然是极为自然的行为。在旷野，你只要这么一站，你抬头一瞧，这夜呢不算很黑可苍苍茫茫，长空深深阔阔，了无声息，那天海深处正悬一轮明月——你这不是在对月作极自然的仰望了吗？在苍茫间。

20 世纪 80 年代初，我首谒“天下第二泉”——无锡惠山泉。炎炎夏日里，那泉水，那经漫长农业社会还基本清白、清明、纯净，还基本健康的泉水，依然下流，依然以天然轻漾的卧姿仰望天上月。这可是曾将千万轮圆月存盘的著名甘泉！是将泉中月与天上月天然对称、相互仰望的甘泉！

天上一轮才捧出，人间万姓仰头看。

——《红楼梦》贾雨村望月口占

苍茫尘世，天上人间，还有什么东西能被如此多眼睛同时仰望呢……

2 人类本已有了心头月

日本禅师明惠上人深夜禅毕，由禅房走向下房，居然一点也不怕那山鸣谷应的野狼嗥。此乃何故？据说是由于他身披云缝漏出的月光，有明月正陪伴。依我看，禅师算是读透了明月神力的人。望月难道不就是感应神力吗？在这尘世，唯具神力的东西才神秘，才经久仰望，促人壮胆。

我在启蒙前，似乎就已能感觉明月的神秘，想必这与祖母讲过月亮神话，我也看过月的圆圆缺缺，月会藏入湖水，我一走那月也必走有关……后来，我考量望月问题，才惊觉人类其实早已构筑了“心头月”，与天上月虚实呼应。

人类构筑“心头月”，靠的是长期对月的联想、想象和感悟。

由此形成的“心头月”，其特征，大抵表现在几个方面：

其一，人类心头月很静。这是寂静、娴静、安静、幽静、静谧，甚至有些凉静或者冷静的静。

其二，人类心头月逃离尘嚣，十分单纯。单纯得满贮在天宇间的尽是同一的月光，同一的素简，连味道都没有。

其三，人类心头月还是闲寂和清寂的，似月夜桂花跌落王维的鸟鸣涧：不见强烈可感的波动，没有起伏，无法灼人，更不袭人，是悄悄的，轻轻的，带点儿寂寞。

其四，人类心头月是清幽的，是偏暗的清幽，宛如明月刚刚从苍绿古宅后的苍苔上浮升。这清幽带些泉水、空气的透明，接近辞典对“幽”的多个诠释，还染些安闲、幽雅。

其五，人类心头月任何时候都是幽美的，可亲的幽美。

其六，是人类心头月还一直很玄。一是给人玄想：月上该是幽静阴冷，清辉流溢的，那影影绰绰是有什么在行走吧，是嫦娥、吴刚、玉兔或广寒宫里的蟾蜍在活动吧。二是幽明月光满地，不重形却予人精神。三是月光似可从地下浮现上来，雾一般匍匐在地表，弥漫在地面，可以搬运。“月光光，耀耀光，船来等，轿来扛……”祖母就曾经教我这样唱。四是月光总是虚幻的吧。不是有踏月之说嘛，然你朝满地月光一脚猛踏下去，却何曾见有月光四溅？即便切下长城那么多月光，也砌不起一堵墙，可月光依然夜深还过女墙来，敷在长城上。五是这月还颇似玄虚哲学，说虚却实，道实却虚，有无相生。重神不重形是这月，内敛不张狂是这月，重顿悟耽冥想的还是这月。

任何文化都一样，倘想提升境界，不是趋向神幻，就得臻入宗教，尤其在上古。长期以来，国人就视月为太阴之精，秋分坛设西郊，祭西沉月……顶礼膜拜，神秘气息弥漫。

一则禅宗公案这样说：那小偷月夜潜入古庙，一老僧正酣然打坐似心无旁骛。可是，当小偷空手欲走时，老僧却霍然起立，默默然脱下袈裟相赠。贼走后，老僧仰脸隔窗望月，良久，泪流满面，随即低头喃喃道："你拿得走我的袈裟，却拿不走这窗外的大好月光哪。"心头月在这里，已隔离了尘俗社会的人欲之海，承担了精神澄明的角色，表现了精神文化的根本，彪炳了对彼岸诗性世界的沉迷和自选生存价值的终极皈依。

国人心头的文化月光，其实还是到了唐朝以降，才愈加明亮、浪荡。以李白为代表的唐朝诗人，吟咏了月，更明亮了月，绣口一吐，诗句的月光，就几乎光耀了半个盛唐。宋朝的苏轼，接力吟月唱月问月祈月又访月，月光般的感悟简直就是明月下打扫不尽的树影。

值得一提的还有，对于心头月的建构，感性葱郁的东方民族似乎更易相通。白居易"夜深众僧寝，独起绕池行"的诗句传入东瀛，日本俳圣松尾芭蕉步出茅屋，望月独吟，吟出的俳句就颇有依样画葫芦味："明月何幽幽，围绕池塘转不休，通宵不停留。"的确，在东方文化里你很难找得到像莎翁在《仲夏夜之梦》里把月亮与"不生孩子的尼姑"相提并论的那种不恭语句。

3 人月相亲，月寄人生，在于月是旧时月，在于月是可望而不可及的美丽幻象

我对人与自然建成和谐关系，一直深持怀疑态度，在今天，在如此的尘寰。

如果说，自然与人确实有过所谓的和谐关系的话，那么，也唯有这“人月关系”。

甚至美女嫦娥都奔月了。月人能相亲，月可寄人生，如此等等，表明什么？表明的该就是人与月的和谐关系吧。

表达人月关系，最身体力行的，还是作家、诗人和艺术家。

读《我在美丽的日本》这篇川端康成诺贝尔文学奖演说，我发现，或许并非出于自觉，在阐明人生与明月和谐相融时，他极其自然地就援引了被称为“月亮诗人”的明惠禅师的和歌：

冬月拨云相伴随，更怜风雪浸月身。

川端康成阐述明惠“在暗处观赏，心境清澈，仿佛与月光浑然相融”，认为明惠“以月相伴，莫如说他是‘与月相亲’，亲密到把看月的我变为月，被我看的月变为我，而没入大自然之中，与大自然融为一体”。

习习清风明月夜，通宵共舞惜残年。

川端康成更说古僧良宽这两句诗，“尽管咏月，实际上也不认为它是月”，是僧人感到如此遥不可及的纯洁、美丽，不但可亲，至少也能相伴“共舞”，可共，可依，能寄寓襟怀甚至人生。

如下则是诗人歌德那首著名的月光诗《对月》：

你又把幽谷密林，
注满了雾光。
你又把我的心灵，
再一次解放。
你用慰藉的月光，
照我的园邸，
就像知友的眼光
怜我的遭际……

这首被誉为最美的月光诗，经由舒伯特等人谱曲已四处传唱。在这首诗里，明月与人的命运，难道不是已相互维系，相互亲怜吗?

我寄愁心与明月，随君直到夜郎西。(李白)

江畔何人初见月，江月何年初照人。
人生代代无穷已，江月年年望相似。(张若虚)。

今人不见古时月，今月曾经照古人，
古人今人若流水，共看明月皆如此。(李白)

人月相亲，望月寄兴且寄身，感兴“日月是百代的过客”（松尾芭蕉），时世兴亡，感兴人生易老，人生太悲凉，所有这一切，不都是因为那明月，是那么纯粹、纯洁、可亲、可依，是那么美，是那么遥不可及吗？

海上生明月，天涯共此时。（张九龄）

如此的咏月诗句，却表现得含蓄、蕴藉：初看不涉人生，颇有王国维《人间词话》中所言的“隔”，然却细加揣摩，则大不然——其内里，实在是诗人面对明月，已将人生的大感喟，寄予明月，遥寄给了可亲的明月……

而中华民族崛起的一位民间艺术家，更是将天上月、泉中月和人生际遇圆融在一曲《二泉映月》里，将人月交融推入了抽象而优美、苍茫而深邃、悲怆而凄苦的音乐哲境。此人，便是盲艺人华彦钧——阿炳（1893～1950）。

阿炳4岁丧母，幼即随父亲和道士习乐，及少年，已是无锡道教界出色的二胡乐师，35岁双目失明后，仍摸索至天下第二泉，沉心沉力地运弓。想想看，明月升起来了，这可是有三个月亮哪，一个悬天上，一个映二泉，还一个正明明白白在阿炳心里。泉中月可也在仰望天上月哪！月光银粉一般，洒落民间，洒上阿炳的身、手及二胡，同时也洒上了《二泉映月》颤抖的旋律。阿炳啊，是把生命对美丽江南风光的追思、慨叹，把对光明和理想生活境界的热爱和憧憬，把对自己痛苦身世和辛酸不平尘世生活的独到沉思，统统都融进这如诉如泣、如悲似怨、反复回旋、一咏三叹的二胡曲调中了。这是月下独特的心语，独特的行藏，具有独特宗教意味的人生啊！这是心头月对天上月和泉中月的独特倾诉，是人月关系在最高妙境界的艺术相融！

命运是如此多舛，人生是如此无常，寄谁？唯有寄予明月，唯能寄予明月，寄予明月的圆圆缺缺！

尘世沧桑，关山险恶，在这漫漫长夜，最能体现自上而下人文关怀的，毕竟唯有这明月。这望中的明月，是人生的寄寓对象，不也是人生至境的最高层象征吗？

4　中秋节的出现，终于将华夏民族与“旧时月”的和谐关系，推到了极致

“中秋节”体现了华夏民族精骛八极的辽远和浪漫，体现了华夏民族感节令、观物候的幽微和细致。中秋节成了华夏儿女的思亲节、情人节，成了对地球村的浪漫贡献！

正因为创造了中秋节，才可以说，从冬到春，由春入夏，华夏儿女的每一天都是在朝中秋节走。有哪一个中秋，华夏儿女不是集体复习中秋月？设若天上明月朝下看，必然会惊异这黑夜柔软的寰球上，遍布仰望它的黑眼睛——每一只黑眼睛里都悬着一轮中秋月啊！

如此典型地体现中华民族人与自然（月）和谐关系的中秋节，既是华夏民族传统而朝野上下不约而同对自然（月）实行人生朝圣的圣节，也是历史最悠久的人类与自然（月）关系曾经和谐的唯一大例证！

人类曾经多么幸运，明月曾经多么幸福，多么完美！

然而这一切，却只能截止到人类的大脚还没有践踏月球，明月在人类眼里还披着神秘的面纱之时！

5　科学探索，还月本相，已无可挽回地使“旧时月”的神秘和完美，在顷刻间土崩瓦解

我情愿相信，登月仅仅是人类出于对美丽的向往，被神秘吸引。

但是，客观无情，科学更无情，由于人类登月，由于月亮“难看的”真相大白，人类心头月的美丽或“旧时月”，被无可奈何地粉碎，无可奈何地成了过去。

“明月几时有”不再是天才诗句。月球46亿年前就存在。月的阴晴圆缺，也不再是什么人生写照。并非月到中秋分外圆，分外明。那是月的迟到、早退，乃至旷工，不是由于月有什么情感。作为月亮，神话已彻底丧失。

月全食也并不是被天狗所食，同样不是月在讲尊严，闹脾气，而是太阳光球被月球遮住了。月球原是离地球最近的天体，是地球的卫星。月球半径1738千米，质量呢，仅达地球的1/81。作为天体，月球并没有磁性。地月相距38.4万千米。而月球每年都将离地球远去3厘米。转动的月，抛给地球的，永远是一副旧面孔。1个月球日目前刚好等于29个地球日。月球表面除了大片平原和一些高山，那些或大或小的圆圈圈，全是环形山。即便在白昼，天上照样圆月高悬……

谁能想到月球上竟会如此苍凉、荒芜？何处有嫦娥、吴刚、桂树，何处有蟾蜍、玉兔、广寒宫呢？月上的寒热幅度是这么大：白天朝阳月面温度达127℃，背阳温度却为－183℃。何见人迹？没有鸡声茅店月，有的只是甚于沙漠戈壁的苍凉、荒芜。是没有社会，没有时尚，不存在剥削压迫，没有洲际导

弹的所在。

更令人失落的是月上的死寂。月球上没有大气，因为月球的重力只及地球的1/6，无法拉住飘逸的空气，因而在月上就不可能有自由的风，没有故乡的云，没有彩虹鸟声和四季。听不到汉语、法语、英语。人间的疾苦更是无法传播，因为没有声音，是没有任何交流的真空。月上的天空，即便白天，也一片漆黑。

1998年，美国飞船“月球探索者号”在月球南北极那终年照不到阳光的环形坑土壤里，发现存在多达100亿吨的水冰。但这不是曾经日夜下流的天下第二泉，也不是碧波轻漾的月牙泉，而是混夹于月土的颗粒状的水，绝望的死水。而人类长久以来却一直想象月上会有海洋浪波荡漾。17世纪初，当伽利略（实际也是人类第一次）在月夜用望远镜望月时，就发现月表原来存在累累“伤痕”，他认定凸起的明晃晃的是高山或陆地，称之“月陆”，而那凹陷的幽暗处是海洋，遂名之“月海”，并将大小“海洋”名为云海、湿海、雨海及风暴洋等。在伽利略所命名的22个月海中，面积最大的是风暴洋，逾500万平方千米。其实，所谓的月海是由暗色的熔岩物质组成，是一片低洼地，因为反射阳光的本领比浅色岩石差，看上去较为暗淡而已。

尽管在月球上，能够看到地球反射过来的似圆月般的一盘阳光——“地球光”，然而，人类还是感到失落。

尽管月光打上苍茫云海、大地和海洋，同样会如雨打荷蓬，存在光压，会有压力，有力量，然而那月光，照样是寂静的、孤寂的……

科技，似乎在毫不留情地打乱人月关系的方寸了！依靠如此伟大的科学技术，人类将千万年遮掩明月的神秘及美丽的面纱扯去了，彻底扯去了，无情地扯去了！我原以为登月，该是多么美好、伟大的事情，想不到，换来的却是美镜被打碎的无奈，幻觉被蒸发的神伤，情感被欺骗的不适。月光成了病态的月光！美月成了一锅被一粒老鼠屎败坏了的汤！人类成了美妙神话的掘墓人，美月丧生的刽子手，与自己角力的大敌，以“科技真”取代“情感真”的聪明动物！

科技，成了大煞风景的手！

科技探月，除生产出黑色幽默，还批发出无奈和悖论。

科学探索得出的月的本相，与美的人类的探索精神，没想到原来竟是如此二律悖反；在情感上谁会愿意接受假象、接受欺骗呢？美丽的一团银般的旧时月——美好的假象，顷刻间竟然就成了丑陋的荒寂之球。美好的假象，由于科学求真已丧失殆尽。丑陋的真相却即使再伤身心也要你勇敢承受。这真的动机与过程，人类尚可以接受，那么，如此的真实、真相，在情感上却真是甚难承担；人类的情感在失落，身心在自残。而人类却依然还在留恋，还在眷恋旧时月——虚假的旧时月，即便明知是假象！人类中心主义风光上天，美好的心头月却要残忍落地……颇具讥讽意味的还有，阿姆斯特朗那把曾经在月球上飘扬过的一撮头发，却被理发师以3000美元卖给了一位收藏家。怒发冲冠的阿氏曾欲与理发师上公堂，收藏家却说，归还头发断断做不到，至多只能给慈善机构捐一笔钱。科技主义已开始奴役头发了，头发价值反能鸡犬升天。这究竟是科技的异化、恶化，还是人类及其情感的扭曲、堕落？

旧月情，旧月意，旧月美，就这样，物是人非，已沦落成为被一石击碎的“二泉映月镜像”。

如此往事能够如烟吗？往事不堪回首……

1969年以来，除了两次无人登月，人类的大脚，已有六次先后踏上了月球。“阿波罗”11号飞船宇航员，即那位阿姆斯特朗，在大脚踏上月球时还说过这样一句话：“这是一个人的一小步，却是人类的一大步。”然而，他的话音还未落，他脚下人类仰望的月球，却毫不客气地迫使他的双脚行动，只能是袋鼠式的蹦跳，这可是渺小得连天下第二泉也无法照映出的鼠辈式的蹦跳啊……

6 “科技神”神光普照的尘世，须臾也离不开科技伦理

人类蹂躏自然，原来，并非只是物理污染、疮痍河山，实际上，竟还包含对人类“心灵自然”的毁灭，对人心的伤残！

的确，并非只是为了人文关怀，更是为了还能有明天，因而，在今天，有许多问题都需要赶紧追问，需要重新审视。

天海是如此苍茫，天路是如此遥远。人类何以要登月？仅仅是为了探秘？只是为了证明人类不是芦苇，不但不脆弱，反而是非常坚挺、伟大？只是为了张扬与大自然争霸的雄心？是企图逐步占领月球？是强国间的争霸——是为了求证科技远比旧月亮更有神话色彩？是为了宣扬“科技主义”或“工具理性”能使自然异化，使月亮异化？

人类又何以就能够登月？仅仅是因为科技主义的天梯那一头已经可以靠上月球——谁说登月靠的是科技？登月有何难哉，人类，还用得着使出吃奶的力气登这月球吗？践踏月球，太容易了，容易得就像大人与孩子一道玩猫捉老鼠的游戏。

然而，纵然是游戏，你只要是在破坏心头月，你就是在违背道德规范——谁都无法认同破坏美还能是符合道德规范！

事实上，破坏美月只是一个缩影，一个象征。在今天，科

技主义已像脱缰狂奔上原野的野马，正以前所未有的范围、层次和深度，在改变人与自然、人与社会以及人与人的关系。企望科技主义止步不前只能是天方夜谭！科技主义对美的伤害乃至消解，已成为世界性问题。

深忧我心的，是科技发展到今天，依然无法建立起良善而公平的科技发展法则——“科技伦理”。谁会在乎科技伦理呢？而没有科技伦理，你敢断言这科技，浑身上下冒出的全是促使人类进步的力量吗？

其实，人类即便再狂妄，也无法进化成可一口吞下月亮的天狗。而且，人类的骨子里根本就离不开神，永远离不得神，人类一直都在设法供奉自己的神！宗教上的神失却与否在今天已不再重要，重要的是人类心中业已在供奉一尊至高无上而又特殊的大神——“科技神”！而且正越供越高，越供越大。任何神祇，其实都是人类自己的制造。然而，人类对科技神的态度却有所不同：一方面对之顶礼膜拜，心甘情愿匍匐于地，心甘情愿接受奴役；另一方面又殚精竭虑欲掌控之，占有之。人类供奉科技神的目的无非是为了彻底占有科技神，将科技神化作自己手中的权柄。

必将促进人类社会酿出灭顶之灾啊，这有着“两面神”面目的科技神！……

7 人类依然要望月，然而，心月在哪里？

人与月本来是存在两种联系的：一是物质物理式联系，使人有月可观，月对人产生引力，月光和潮汐影响人寰；二是诗性（精神）联系，使得旧时月能成为人类中得心源月——心月或“人文自然”月。可是，这种诗性联系，而今安在？

自工业革命以来，大自然就被推上了被异化的战车，在今天，这异化正愈演愈烈。人在异化，月又怎能免劫？对于天上月，人类即便再仰望，也已不再是旧时的仰望，何况明月，也不再是旧时的心中明月了。谁还会傻乎乎地以身寄月呢？今天给孩子们讲月亮，我就无法说出老祖母说月的意境了，遑论纯净的诗意。

人类依旧会在月夜读泉。只是这泉，已不再是有原来内涵的“天下第二泉”，那泉水所映之月，也无法再是旧时月。

人类依旧会日夜听阿炳的《二泉映月》，可这流荡入科技时代的音乐，已平添了悲酸的曲折、无奈的沧桑和无尽的凄凉，成了对缺乏秩序的尘世、残酷的尘世的悲叹，成了对苦难世界企图的超拔。这音乐使人想起侵月的暴行、天堂旧时的美景。这是命运多舛的人类带有紫色宿命的音乐，是激发良知未泯的人士沉思而奋起的音乐！成了凄楚，成了悲怆，成了告别，成了遗言，成了预言。这音乐，这苦命的音乐啊……

没有任何道德规范约束的科技神，犹如包裹着地球的污染愈来愈重的空气，正每日每时，越来越紧密地围压人类，围压低头操持科技的我们，深入身心。真是神光普照啊！

世人总讲人权，但对自然美和自然的神秘，却从来就不讲什么权利，连起码的尊重也没有！还可不可能留存一片“心灵自然”，或者半片“人文自然”？人类的“精神自然”，你在哪里？

人类仍然要望月，然而即使再怎么望，又怎能找回旧时的感觉呢？——没有乌啼，连一声也没有，旧时月已经彻底沉沦。

人类的生活，能够没有天上明月吗？能够丧失地上的月光吗？人类能够永远失去心头月吗？

而心月在哪里——心月何处寻？

哀怜稻草人

没有思想，也配享有稻草人权吗？

——手记

1　从贫寒中站起

“我是稻草人！我没有灵魂。是你们人让我当驱鸟人。”幻觉中我听得稻草人如是说，遂想稻草人被哀怜该是与其像人有关，但难以考证它就是人的嫁接物，而其紫色宿命，却与草芥的出身有关，中外皆然。

赫塔·穆勒的小说《一只苍蝇飞过半个森林》，写到仲夏时节守护花园的稻草人，戴干净的绿帽子，穿飘逸的白衣裤，撑体的是黑色的十字架……如此的身份尽管并无普遍性，却很高档了，但散发贫寒，谈不上高贵。

稻草人多半以人工驯化的陈年稻草做肉身，是低成本的样板。稻草，多数为一年生人工栽培稻之身，叶鞘无毛，叶片扁平，披针形至条状披针形，高米余，秆直立，不起眼，也是造酒、结绳、糖化猪饲料和制纸浆的燃料。稻草灰呢，还可集渣，可做铁水覆盖物。草软的稻草，可以喂牛、铺床、保温，也可用以催芽。中国画起伏于大山深处的草房，都简陋得似杜甫草堂。

地球村该是出产稻草人的天堂了。稻草曾被炒得似地皮之价，不断升高。当然，这和稻草柔可绕指，与其柔顺的性格也有关系。想想，真该感谢这个星球地大物博盛产稻草，否则你怎能如此容易使臂膀、大腿、屁股和修长的身子如此快就丰腴起来。无论在哪里，这稻草人都还是名实相符的；人们说起稻草人这个词时，都是实事求是，从不掺半滴水分。

读过一个网帖，说中国的稻草人，源自《三国演义》的草船借箭，或许不无道理。想想那时，江面的孔明雾刚刚散去，暴露出的黎明是出奇的静。老渔翁照旧将小船划至孔明借箭的江面布网捕鱼。江鸟闲散，江风休息，江水匆忙。突然网铃大作，这是渔翁喜闻乐见的鱼已撞网的信号。渔网渐收渐近，没想到网上挂的竟是个半沉半浮、落水狗一般的家伙——稻草人……渔翁吃了一惊，惊魂稍定，没有多想，就将稻草人携回了家。

教你想不到的是，这稻草人一回家，曾让全家鸡犬不宁的鼠辈，就绝了踪影，日夜宁静。于是全家开会，一致做出决议：这是稻草人的神力所为！

布谷鸟又叫了，思想解放了的渔翁，开风气之先，将稻草人安插入田头。

从此，这地球村的天幕下，就不断闪现出稻草人的身影……

2　复合型名人

经磨历劫的稻草人成了劳动英雄。无论日夜，都能忠于职守雷打不动地站岗，几成稻草人最基本的生活姿态——如果这也算生活的话。

杂花生树、群莺乱飞，连人都难以坐怀不乱的白天，稻草人却能忽视阳光炽烈，心静如佛；月光银辉如水颤动的凉夜，从不抱怨有没有柔软的小夜曲，“站”怀不乱。

稻草人是忍受雨打风吹的典范。

稻草人当然怕雨淋，怕雨水造成沉重而沦丧使命。好在稻草人有自己的哲学，足以撑起自己安身立地的脊梁，哪怕天天面对的是月儿甜媚丰腴的脸，也顶多收敛几下飘动如风的衣袂，平和，寡欲，自守尊严。

稻草人宝贵的德行据说有三个，一是无侵略性，二是无组织性，三是被人利用还能摆出自卫性。

稻草人是奉行上半身主义的代表。你看，稻草人何时不是上半身披挂塑料纸破旗儿红褂儿红被面，上阵如同威风凛凛的将军？何时不奉行只靠上半身弄出大动静的政策？何时不依靠上半身虚张声势辐射邪恶、粗暴和凶煞？

稻草人与美还真风马牛不相及吗？铜像是颇具粗犷之美的。内粗外糙的稻草人，你能有粗犷之美吗？

你割过稻吗？感受过粗糙松弛轻柔略具弹性的稻草吗？你的手试着抚摸抚摸这稻草，是微微扎手吧。我想，如果代之以江南蚕丝，捆扎出外形和稻草人完全一样的“蚕丝人”，其质感，那情致，能相同吗？

现实中的稻草人，只能是现实社会的产物。

稻草人当然是没有信仰。

叶圣陶的童话《稻草人》，三毛的《稻草人手记》，日本动漫帅哥旗木卡卡西的稻草人，是现实中的稻草人吗？非也，充其量只是纸上的稻草人。

真正的稻草人，已是意义重大的名人，是这个不公平的尘世声名显赫的复合型畸形人……

3 机器人亦无思想

稻草人有腰杆却无脊梁，无团队也无合作精神，还无集体意识，究其根源，是没有思想。

然而，这思想究竟是什么呢？心理学家说，思想是人无法捉摸透的一种信息，是大脑中特定的分子摩擦碰撞而产生的电流引发的脑细胞活动。不同的思想由不同的信息构成。

显然，思想，成了横亘在人与稻草人之间的分水岭。

哲学家帕思卡尔说："人只不过是一根苇草，是自然界最脆弱的东西，但他是一根能思想的苇草。"而今天，我认为人还该是最具"个性思想"的"苇草"。

唯具个性思想，人，才不至于被奴役，才可能体面地屹立于大地；有个性思想之人的全部尊严，唯有屹立于自己的大地，才能萌芽、分蘖和雄起。

具有个性思想，即便你只是宇宙间最微不足道的一个质点，你也并不渺小，你就是大写的人，哪怕你站在田头地尾。

我以为这就是人之所以是人的道理，这才是高悬在人类头顶比星空更令人敬畏的道德律。

当然，问题是这个世界上，总有一些人，总想让他人成为奴隶，而且习惯将思想触角"延伸"入稻草人之身……

稻草人与人之间，如果存在过渡者的话，我想，这过渡者只能是机器人——尽管要成为一个机器人也不易，得满足好些条件。

世界著名科幻作家阿西莫夫曾提出机器人法则——第零法则：机器人不得伤害人类或袖手旁观坐视人类受伤害；第一法

则：除非违背第零法则，机器人不得伤害人类，或袖手旁观坐视人类受伤害；第二法则：除非违背第零或第一法则，机器人必须服从人类的命令；第三法则：在不违背第零至第二法则的前提下，机器人必须保护自己。

我今天才真正明白，这几条著名的法则的伟大作用，是思想的力量教机器人在人和稻草人之间造了一座平衡的桥。当然，这是试图体现思想对机器人的支撑，试图界定机器人与人的关系，强调人与机器人是君臣关系，人应该控制机器人。这等于说明，阿西莫夫仍是一个人类中心主义者。而且，他提出这些法则的过程，与人捆扎稻草人的思路、目的和立场，是何其相似乃尔。而且，我认为这些法则，委实也等同于他制造的“稻草人”。

放眼世界，迄今为止我还看不到哪一个机器人是有自己的思想的。令人惊异的灵性，充盈的活力，仿真的生命和类生命的趋向，这样的机器人倒还是有，控制系统也颇具人之思维特征——但这些，充其量仍是“稻草人”的投射。

何况，机器人作为犹带体温的特殊生命体——人造物种，已成为现代甚嚣尘上的“科技神”，这科技神在被人类操纵的同时，已广被人类膜拜。

近日，我读《科学画报》，才晓得田野间正闹机器人革命，有的机器人似乎也有些农民式的“思想”，开始了初级“耕耘”。我想，假如有一天，这田间“机器人式稻草人”取代了“纯爷们”稻草人，是否会违反科学伦理？会不会引发社会问题？

4　异化能否发生

在这金钱至上，权力泛滥，仍然大讲自由、平等和博爱的地球上，倘若你就是一个稻草人，你能否依然承受夜的覆盖？能否不妥协不蜕变、一辈子都充当驱鸟工具？你是否已开始立场紊乱？乃至也被腐败？……

在网上读了一匿名帖，我认为是纸上寓言。摘抄如下：

我是一个稻草人，我在天幕底下站立，守护着一片稻田。

不久前那个黄昏，小麻雀哼着歌靠近我。我扬手就赶，麻雀竟然就是不离开，也不偷吃，站在离我不远的地方，友善地看着我，问："你不能飞，一天到晚有脚却无法走动，不孤单吗？知道外面的世界吗？"这话说到我的痛处，我一时怔然。

麻雀窃笑，告诉我水库有鱼游，树林有鸟鸣，晚霞就要染红天地。我的眼前，开始敞开一片新天地。

黄昏，是最容易让人松弛、慵懒和丧失警惕的时候，也令人迷幻。小麻雀每个黄昏都飞过来，叽叽喳喳，给我讲新闻，倦了就站上我的肩头歇息。我的心，开始一天天变得温柔，甚至对小麻雀也友善起来。小麻雀不来，我就怅然若失。

蜕变与堕落，就这样在融汇温柔、信赖和期待中发生。谷穗在一天天成熟，秋叶翻飞。

又是迷人的黄昏，小麻雀又站上我的肩膀，沉浸在迷人的叙述中，突然，"砰"的一声枪响……小麻雀晚霞般鲜红的血，一滴一滴渗入我的肩膀，痛楚似锥子，霎时就洞穿了我的心。我突然领悟到什么才是我的爱与恨……

哀哉，植物人！

会思想，是人不沦为植物人的基本条件。

——手记

1 是鬼，还是人？

写这篇文章我很是无奈，在理性上我并不想写这样的东西，我认为植物人才最该是前无古人，后无来者。我也不喜欢“植物人”这个词，这个词是1972年医学家在著名杂志《柳叶刀》上率先提出的，这是你在穹庐下被动接受的名字，写不进户口本也印不上身份证的名字。

增加如此的名字，你一切皆空了吗？你毕竟还算活着，与“死去元知万事空”不沾边，躺入了生活的最底层。白日依山尽的苍凉，愁煞人的秋雨，佳人沐月煮茶的雅致，于你，形同虚空。

你“告别”了思辨实证、逻辑推理、哲学思想，已失去对自身及周围环境的认知。

爱因斯坦说“提出一个问题往往比解决一个问题更重要……发展独立思考和独立判断的能力，应当始终放在首位”，你做得到吗？思考力已与你离婚。

你驻入昏迷世界，情感功能已被封存、屏蔽和删除。

望断的鸿雁久不往返，
山中红豆今红得多深？
何时你身边春风环绕？
你白天黑夜都在我心。

此等诗爱情怀，你仍有？全然没有。

在医学上，你被视为“持续性植物状态”，即与植物生存状态相似的人体状态，仅保留植物也有的诸如呼吸、代谢等功能。你的问题出在“头上”，却还有自主呼吸、心跳，脑电图还并非直线。

你能吞咽食物、入睡，能消化吸收、新陈代谢、生长发育，可以自主呼吸，脉搏、血压、体温也可以正常，只是，没有觉醒。

我很怀疑你是否还活着？

陷入荒谬的境地的你，受外界刺激，也能产生本能反射，会咳嗽、打喷嚏，哈欠连天，却陷入僵化、封闭的盒子。记忆和理想，被黑运的风，吹得空空。

认识植物人，是防止更多的人沦为植物人。

半生看人的经历告诉我，看人关键要看什么？得看眼睛。

你眼神呆滞，空白空洞，比祥林嫂的眼神，更令人不安。

我无法不难过，也难以为你难过。你真不知是哪世修来的福分，居然能够游离在不明不白间，恍惚迷离间，已不知生死，告别了一切。

真是忘我的大境界啊！

如此境界总教我想起“玻璃人”，玻璃人让人看不出有何心思。更让我想到“精神病人”，即因了有害因素，导致大脑功能紊乱，精神活动异常，感知觉、思维、注意、记忆、情感、行为和意志智能及意识等，都存在不同程度的心理障碍的人，是歪曲反映客观现实，社会适应能力业已丧失，既伤害自身，还扰乱社会秩序的人。

> 疾病是生命的阴面。
>
> ——苏珊·桑塔格

你病得颇有创新性。

只是这还能算人生吗？

你活不好，一时也死不了，在阳光下竟似水稻般在分蘖，在传染，医学界说，即便在中国，每年也至少会新增十万植物人。

你是活着的死人！

2　思想也可以是尊严的陷阱

写到这里，我有必要造一个新词——“思想量”。

凡是思想量为零或者约等于零的人，都是植物人；假如思想量无穷大，无疑就是横空出世的思想家。

思想量，人皆有之，可如江海波浪无边，也可似冬溪水落石出；每个人，都有变成植物人的可能，也有成为思想家的危险。

至于一个国家、一个民族的思想量，又该由无数辉煌灿烂的思想汇聚而成，既是一个国家或民族文明的体量，也是对世界文明史的贡献……

这位大脑严重受损、失去交流能力的植物人，39 岁，叫斯科特·鲁特雷，都认为他有意识，因为他还可以举大拇指、转动眼睛与人交流，伦敦大学的神经医师布莱恩·杨教授也说：“我非常惊讶他还能够作出这些认知反应。”可我认为，即便相信他有意识，可他能辨识几只黄鹂鸣翠柳吗？能说他有思想吗？能为国家的思想量增值吗？

贝克辛斯基是著名波兰画家，一度沦为植物人，觉醒后，他画了几幅记忆画。

这幅画，飘悬半空的高楼六七栋，下部破碎，犹无根之树，周边粉尘飘悬，楼却干净清晰，悬浮自适，秩序井然。这一幅似船的底部，下贴黑色海波，船洞流出的红光，与黑云射出的红光相辉映。

“这就是死后的世界，看起来只有黑暗和绝望的世界。”贝克辛斯基说。我不相信，凭这些，就能说明他是植物人时，有思想吗？

我想，真正的思想，都是高级的、自由的思想，无法离开独立意识，萌蘖于对客观世界的觉醒，基于变革现实，否定不合理的秩序，企望脱离禁锢，总要从个体、弱势、异质，走向哗哗作响的阳光。

真正的思想，总似胎儿，带着血水而至。

想想，我们人类拥有独立自由的思想，还是相当晚近的事情，最早也该在后酋长时代。遥远又遥远之时，思想量必定是江河之源，水量是很弱小的，谁能否认那时的人类，不是“准植物人类”呢？

那时的人类，生活起码还比较单纯，这或许是幸运的一面。这个尘世，任何东西都有两面性，甚至存在悖谬。

人，不就是会思想的苇草吗？

既如此，这人、思想和植物（苇草），一如血肉难以分离，又如何分出伯仲呢？诚然，人，不但各有思想，思想量也是不等量的。

如果引入极限的思想，当思想量趋至零时，“会思想的苇草”就成了躯体（苇草），只是新陈代谢的肉身，也就是说，此时的人，已是植物人！

其实，正是有了思想量的上升，才使人有了心灵，人与植物、动物才有了根本的区别，人，才得以昂起高贵的头，才符合笛卡尔的“我思，故我在”的命题。

笛卡尔这个命题，无疑在确立理性精神、思想原则、批判精神和独立思考，是凡事都要打破砂锅问到底，须“明明白白我的心”，明白发现真理至要，坚持真理至上。

我思想，我唯有思想，我这个“人”，才有理由存在，才算是存在！

这已等于向天地申明：唯有思想，才是人的本质！

当然，这里有个前提，也就是人有无思想的前提，是首先得承认自己很无知。大哲人苏格拉底就说过：“人应当知道自己无知。”

植物人当然是无知的，然而，植物人知道自己是无知的吗？

假如你是植物人，又还明白自己是无知的，那么，你还能是植物人吗？这和你不是鱼不知鱼之乐，也有区别。

其实，知道自己无知的人，都是有自知之明的人，是有思想的人，虚心的人，还能思想不进步吗？

那些连自己是无知的意识都没有的人，怎能企望其有思想呢——只能是植物人。

人无思想，人却存在；存在，却又没有思想——还是人吗？然却又真还被看作是人！

然而这却是和尚头上的虱子——明摆的事实。没有独立思考能力的人，没有多少思想的人，思想灰飞烟灭的人，丧失了人本质的人，在这个地球上，竟原来还如大江大河浩浩荡荡哪……

这些人，说得上拥有尊严吗？

别忘了，“思想——人的全部的尊严就在于思想”（帕斯卡尔）。在于这既是尊严的起搏器、通行证，也可能是人生哈哈镜的思想。

读者该注意到，我发思想和尊严的议论，是以植物人必须拥有尊严为前提的，尽管植物人尊严之有无，对于其似乎并不影响面子，其对此一无所知。

现在我要转而强调的，是人的思想，也可能是一柄双刃剑，或许还是尊严的陷阱。

这全然取决于现实的土壤。

在这个世界上，没有思想，无思想量，对于人，真未必就是坏事。这就毫不奇怪，何以现实中总遭遇这样的怪现象——许多人装傻。

“这是一个需要思想而且一定能够产生思想的时代。”（习近平语）本该责无旁贷，本是社会和时代，都需要你建构创新的思想，需要你从事社会科学的理论突破，你却退避三舍，做起了思想的缩头乌龟……

装傻，成了本该是思想者们明哲保身的护身符。

装傻，乃精神的压抑，思想的阳痿！

“未经思考的人生不值得一过。”（苏格拉底）装傻是人心的变态，人格的扭曲，无疑是不值得过的人生。

装傻，不就似植物人在“入睡”吗？

依然可睁眼睡，眼球依然可无目的地动，不论白天黑夜地睡，梦游在生死之间，如此，真还比不上冬眠的蛙，有很明确的目标：为了苏醒。

装傻之人，何来奋斗，连堂吉诃德也比不上；何见精神胜利法，连阿Q也不如。

装傻的人，有快乐也是伪装的快乐，扭曲的快乐。

作家木心说：“所谓催眠，就是我的意志控制你的意志。”装傻的人，问题也出在头上，都是头脑被控制、被催眠的人！是《红楼梦》中难免尴尬事的“尴尬人”。

装傻的人，是无法解放自己的人，异化的人，亦是“空心人”（心之官则思）。

装傻的人，思想患癌症，基本已是植物人。即便有尊严，也是伪装的扭曲的尊严——算什么尊严？

谁还指望装傻之人，会成为什么思想家呢？

想想历史，难道就不存在思想者尊严殆尽的浩劫吗？有多少人进入不敢思想的“持续性植物状态”啊？

诺奖得主辛格在小说《傻瓜吉姆佩尔》里说：“我是傻瓜吉姆佩尔。我不认为自己是个傻瓜。恰恰相反，可是人家叫我傻瓜。”原来，吉姆佩尔屡遭欺骗，并非心甘情愿，而是装傻，还装得很有水平。

装傻之人都是相似的，都沦落入植物人的“木然”。

这个地球上，该也是存在“木然村”的。

我想象，在木然村里，多数人该都已装傻，客观上以植物人为荣。有思想的人都被嘲弄，得不到尊重，甚至受压制。自然就出不了什么思想家，即便出现，村民也不可能辨识，因为没有人想去明白什么样的人才是思想家。偶尔有人傻冒些思想，特立独行，会被判识为不合时宜，是傻瓜一个。无视思想，排斥思想，并不违法，何况根本也不存在什么村规村法，即便有，也形同于无。

3　何来更多“爱情药”？

据说在动物界，越高级的动物越救助弱小，越低等的动物越是不救。与人类近的哺乳动物大象，小象病了，必定会陪护，只有小象死亡，才哀伤着离开。鸟儿也会救护，鱼呢，则离去。

苍穹之下最高级的动物——人，又焉能不积极拯救植物人呢？

何况，这植物人的复活还是“美”的复活。

是对人沦落“荒谬”的告别。

更是有思想的人的复活！拯救植物人，本质上无非是救治植物人的思想，复活其思想，尽管植物人醒来成为思想家的可能性很小，但至少已能够思想。

谁又敢说植物人的复活，不是涅槃呢？植物人的涅槃，一点也不亚于火凤凰浴火重生，一点也不亚于一个时代的涅槃。

唯有复活，植物人，才可能重新起立，独立自主，成为回归精神的大写的人！

道教不是一直认为人的灵魂，一为天魂，二为地魂，三为命魂吗？植物人已然“三魂魄散”，复活了，才算“三魂回归”！

显然，植物人的复活也像人的正确思想，绝不可能从天上掉下来，只能靠救治——尽管“去植物化”，远比你想象的要难……

何以如此？至少和人与植物，本来存在款款深情有关；就别说人类的嘴巴离不开植物，植物是益身心的“草药”。我们这些龙的传人，更是喜欢与植物套近乎，赋予植物象征意蕴，人老了是寿比南山，修养得如松梅竹菊四君子……

何况植物是何等的可爱！就说杨柳吧，那细叶鹅黄嫩绿，柳条儿活似小蛮腰，最让我醉心的还是那轻拂湖水的柳枝儿，轻暖春风里，荡过来摇过去，比美女微颤的秀发还好看。丰子恺总说杨柳是陶渊明宅边的好，我却最钟情西湖拂水的依依垂柳。

就我个人来说，与动物相比，我更喜欢植物。六七岁时，见到村小门口坡地长出一株幼小的植物，三几片绿叶，我将之移植至小饭钵，培土浇水，看着日长，方知这是龙眼树。喜欢植物的人，一般都喜欢天空大地，这便是我上大学何以曾选读农业气象学专业的动因。

若有神助，就在我写本文时，随手一翻诺贝尔文学奖得主特朗斯特罗姆的诗集，竟就翻到他的这首《名字》：

> 开车途中我困意袭来。把车开进路边的树下。蜷缩在后座上睡去。睡了多久？几小时。
> 黑暗降临。
>
> 我突然惊醒。不再认识自己。十分清醒，但无济
> 于事。我在哪里？我是谁？我是后座醒来的某个
> 东西，东闻西嗅，像布袋里一只惊恐的猫。谁？

我的生命终于回返。我的名字像天使一样到来。
墙外小号在吹（就像《莉奥诺拉序曲》）。拯救的
脚步飞快地飞快地走下长长的梯子。是我！是我！

诗中，诗人入睡几小时，“黑暗降临”“惊醒”后，却“不再认识自己”，不知道自己是“谁”，尽管“生命终于回返”……如此情景体验，不就是植物人昏迷、醒悟和思想回归的过程吗？其间，有多少爱的振荡，时间的煎熬，医治的艰难……

拯救植物人，就像搞任何行政工作，最重要的是思想上要高度重视，还要制订具体的拯救方案，用药固然重要。以中医系统调治，我以为就很适合救治植物人。中药制剂对植物人，就有极好的催醒作用，临床应用 160 余例，已促醒 65% 的外伤性植物人。当然，物理治疗同样不可忽略。高压氧可增加血氧浓度，改善脑部血液循环，促进网状结构的激活和大脑功能重建，促进苏醒。更要营造“小气候环境”，得有宽敞明亮的房间，得卧电子自控充气床垫，垫卫生尿垫，预防褥疮，要冬暖夏凉，风清气正……

医学界在深入“植物人模型”研究。第一军医大学神经外科徐如祥教授，就以猫建立“植物人”模型，发现传统的理论已不能完全解释“植物状态”和苏醒机理，多巴胺神经递质替代剂及其受体激动剂，对“植物猫”就有很好的催醒作用。

医药是物理的，爱是心灵的。

植物人，普遍存在球麻痹症状，呛咳、吞咽困难，长期卧

床导致舌后坠，呼吸道受阻，肺功能衰退等病状，如此，更是需要社会的关怀、亲人的照顾，亲人爱的呼唤，床头带泪的呼唤……给予植物人的种种爱，可统称为“爱情药”！

人人都可以献出的爱情药，就是植物人“去植物化”“死去活来”的灵丹妙药！

走向健康、公平的社会，并不讳疾忌医，必敬畏好药，离不开爱情药。

15年前，我们煤气中毒，我醒了，你却成了植物人。每天，我把你从床上抱到沙发上，喂饭，再抱上床。按摩，整桶整桶地洗尿布，每隔几个小时，我重复着上面的动作。

老冯，你是不是胖了？我刚才把你抱上沙发的时候，觉得更吃力了，你1.75米，我1.57米，以前你每次把我揽在怀里都笑我，说你的老婆是个小人儿。

今天，又过年了。这是我从前盼、现在怕的日子。外面鞭炮声震天。我煮好了饺子，喂你一口，我吃一口。我低下头，眼泪滴在盘子里。

你为什么还不醒来？

老冯，我杨立英是你的老婆啊！你为什么不能再爱我一次？为什么不能再抱抱我？

你回答我，快回答我！

“杨立英……”这时，我突然听见一个声音，在含混地叫我……

你看过央视播放救治植物人的故事吗？丈夫每天15时必到ICU病房探视，每次都拿着手机趴在病床前一边为植物人妻子放歌曲《因为爱情》，一边按摩一边哼唱……

这爱情药，是拯救植物人的大药，是任何救治方案的起跑线和融合剂，也是良好社会生态的催化剂。

只是这尘世，该有哪些举措，才能让“爱情药”，生生不竭如海洋，蔚蓝深邃似天空啊……

4　该死？还是该活？

拯救植物人，就一帆风顺了吗？非也。对植物人救还是不救，让其死还是继续活，已不只是医学问题，而是怎样对待人的问题，上升到了道德伦理的较量。

1990 年，26 岁的美国妇女夏沃，因为体内钾元素失衡成了植物人，已 15 年，她仅靠饲食管维持生命，其丈夫迈克尔向法院申请拔去饲食管，说让夏沃安乐死，理由是夏沃说过她最不愿意以人工方式维持生命，这是尊重病人的个人意愿，遭到了夏沃父母强烈反对。2001 年 4 月，佛罗里达州法院准判迈克尔的申请，夏沃的饲食管被拔去，而另一法院两天后却做出相反判决，饲食管又被重新接上。2003 年迈克尔继续上诉，又拔去饲食管。3 月 21 日，没承想夏沃案竟惊动全美，国会为之挑灯夜战，以多数票通过了重新接上饲食管的紧急议案，为签署此案，布什总统还提前结束休假，翌日，联邦法院的裁决驳回了国会要求……13 天后，夏沃死亡。

这种被认定继续治疗无效，抑或不必要，让医生停止使用医疗器械，同时停食、停药的方式，实质上还是伦理学上所称的“听任死亡”。

诸如此类，“听任死亡”或“安乐死”的问题，但凡植物人都会面对。

我注意到，出自希腊文由“美好”和“死亡”双词构成的“安乐死”，无非是指让人在外力作用下安然告别人世。

可是，究竟会有多少人认同让植物人安乐死呢?

至少，我是无法认同!

安乐死是对植物人人权的逃避甚至侵犯。
安乐死是草菅植物人的人命。

事实已是和尚头顶的虱子，植物人的大脑并未死亡，依然还是人!

但就是有人坚持要让植物人安乐死。认为生理和精神同等重要，人类从出生到死亡，遵行的虽然都是谁也无法超越的自然法则，但能够在生命的最后时刻掌握自己的命运，按植物人在健康时的意愿完成生命，也是对生命最大的尊重，更认为，安乐死与传统医德并不矛盾，更何况安乐死是在病人极度痛苦、生命濒危的情况下施行的，已百分之百合乎道德，更何况，植物人长期不醒，已和墓碑没有多少差别。

你的生命已大半融入大地，
活着只是一个符号，让你安乐死去，
意味着是对生命的超越……

真是荒谬绝伦!

我认为，“听任死亡”也好，安乐死也罢，似乎都是最顺然、最合乎良心的做法，然却一样存在伦理缺陷。很显然，今天的人类，对人脑就百分之百了如指掌了吗？谁能担保他就一定醒不过来呢？植物人从昏迷到苏醒的状态，或许只是晨昏线似的灰色过渡带也未可知。让植物人继续活，似乎让我们很难，让其死去，却是件容易的事，却永远丧失了复活的机会，毕竟现代医学，对大脑的了解仍存在许多盲区。科学总期待突破。科学的发展，总源于突破和创新。这个世界，还有什么事情不可能发生呢？科学的进步，本来不存在忌讳，更不该设什么禁区。人类社会的发展，一直都是在科技与道德、法与道德之间寻找平衡而发展的，道路并不平直。很可能过不了多久，拯救植物人就不是多难的事，神效的治疗方案就会诞生，植物人就能轻易地被促醒，也未可知。想想那肺结核，先前不也无法治愈吗？

至于那植物人苏醒的瞬间，该是何等美妙哪——这不是梦境吧，你嗅到了向日葵的气息，当然，还有血腥味、亚洲铜味，森林的声音，江海的呼喊。真是面朝大海、春暖花开的感觉啊！

你于是复活了，巨大的力量“轰”的一声，你即刻神一般立地顶天，雄起于天地间，走向太阳……

如此的情景，谁敢说就断断不会出现在你身上呢？只要找对“脑子的问题”，就像对待特修斯船那样，该替换的替换，该修的修复，成千上万的植物人就有可能山呼海啸般醒来……

问题是，你是否仍将植物人当人？我以为只要仍是人，就必须获得人的尊重，这才是起码的生态伦理，最重要的人权！

当然，理想终归是理想，现实毕竟还是现实。

只是问题远没有这么简单。

甚至科学界人物何祚庥院士也公开说：“如果大脑已死亡，成了‘植物人’，就没有理由再尊重已丧失思维能力的‘人’权。”对何院士所持这种无视植物人人权的态度，我至今仍无法理解，依何院士的逻辑，植物人已然不再是人，就不但可以安乐死，甚至还可以被杀掉。

我想，这就是观念和做法，皆由情感、经济等使然吧。

没有法子，于是乎，该让植物人“是死，还是活”的问题，就成了人类面临的严酷难题……对此，我想最可悲的已不再是植物人，而是人类自身。人类何其悲，连被怜悯的资格都没有。

这无法不让我去想丹麦思想家克尔恺郭尔著名的哲学寓言《朝圣者》：

> 假如某个朝圣者已经历了十年漫游，并且一直是进两步，退一步；假如目前圣城已然在望，而他最终被告知那并非圣城——哦，那么他继续前行就是了——但如果他被告知：“那就是圣城，但你前进的方式完全错误。如果你想要皆大欢喜地进入天国，你必须彻底摒弃这种走路方式！”可他已经不遗余力地如此行进了十年！

这不是喻示我们吗？有些坚持，有些做法，我们总自以为是，结果却很可能原本就是错误的选择，你想改变，为时已晚。

但是，对于拯救植物人这个大是大非的问题，我想，任何被“爱情药”暖和的拯救观念和路线，都绝对不会错，也绝对不可能有错。何故？因为任何植物人的复活，都为的是让这个世界走向更加美好的复活，都是为了让这个世界有更多美好思想的复活！任何国家，任何民族，如果复活的植物人越来越少，植物人势必越来越多……这人间，势必会因植物人多而越发拥挤，即便成功拯救一位植物人，就不仅仅是复活了一个大写的人，而是从根本上使人类社会减少了一分演变成“植物人社会”的危险……

（原载《北京文学》2017年第1期，《散文选刊》2017年第4期转载）

海殇后的沉思

人与自然的关系能否走向和谐，今天已突出表现为人类能否建立并强化对自然的“新敬畏”。

——手记

1

人类该沉痛地铭记这场大海啸，这场人类历史上罕见的海殇！

2004 年 12 月 26 日，星期六，中国农历猴年之尾，西元圣诞翌日，距离雅加达西北 1620 千米，印尼苏门答腊岛西北近海海底地下 40 千米，发生了一场里氏 9 级的大地震。地震发生后约半小时，大海——这平日里的柔性巨人，略略收缩了一下拳头，海水就从海岸线猛然急退了近 300 米，继而以每秒 200 米的速度，挟雷携电，轰轰然，冲上苏门答腊岛的亚齐省海滩，浪潮壁立，潮高十米，排山倒海；一小时之后，海潮在泰国南部普吉岛登陆；两小时后殃及印度和斯里兰卡；最后，浪冲东非索马里……近 20 万人葬身海底！

这是人类历史上罕见的浩劫！

在大海啸面前，生命竟然如此孱弱，如此无助。

地震和海啸，带来了地质结构的永久性改变，人类将因此而重绘地图。泰国曼谷平移了9厘米，苏门答腊岛西南的一些小岛则向西南方向挪动了近20米。科学家们甚至忧虑南亚有些地方的陆地将因之隆起，担忧地轴可能会偏移……

海啸导致海水质量变化，沿海及近海的鱼群由于海水浑浊只得背井离乡。地层下陷，海岸遭受巨浪的冲击，原本就所剩无几的南亚珊瑚礁生态区最终消失殆尽。斯里兰卡的加勒要塞、印度默哈伯利布勒姆古迹群洞穴和13世纪的太阳神庙、苏门答腊的热带雨林等，也因之毁于一旦。

灾难并未消逝声息，大海却重新平复了身体；留下的，是我们这些依然要活下去的人，和难以消失的痛苦与沉思……

2

海啸后的好多天，面对充盈电视画面的惨状，我痛伤人类在灾难前竟是那么渺小无助，同时心哀人类是那样麻木无知。葡萄牙记者保罗·科蒂奥写道：“我们注意到海水后退了几米，然后形成了一个白色的波峰，海滩上的人都很好奇，一点也不害怕，很多人朝着海水跑过去，但突然一个巨浪猛力回头袭来，就摧毁了一切。”在斯里兰卡，灾难来临前，传闻海上即将有“不同寻常”的巨浪，人们便从四面八方云集海滩，翘首以观胜景……

发人深省的是，野生动物几乎都在这场劫难中逃脱了。是野生动物有预感大灾难来临的第六感吗？还是它们比人类更具危机意识，忧患深重，更能领受大自然的威严？或是它们比人类更贴近也更亲近大自然，对自然万物能长保敬畏之心？

大自然是有脾气的，偶一发威，就使人们落荒而逃，遇水而殁。人类啊，你怎么可能是大自然的主宰呢？据闻，在泰国，海啸来临前，反倒是一头大象长鼻一卷，救起海滩上两三顽童，大踏步离去……

3

大自然并不止一种“行为”会引发海啸。

火山爆发会引发海啸，并且是伴着沸腾海水朝天喷涌的海啸。1883 年，爪哇附近的喀拉喀托岛火山喷发，海底裂坑 300 米，波浪滔天 30 米，逾 3 万人葬身波峰浪谷。海底滑坡可引发海啸，7000 年前苏格兰和挪威之间的海床发生大型滑坡，引发海啸，导致了苏格兰沿岸的部落顷刻灭绝。而台风逶迤海面，波涛汹涌，水位暴涨，也可以造成海啸。

海啸奔腾的速度主要取决于海水的深度。海水越深，浪速越快。在幽深的洋底，海啸的奔腾还可以赶得上喷气式飞机。海啸近岸时，前进的速度其实已经大为减弱，之所以掀起可怕的巨浪，是由于受到了海岸的挤压和阻拦。

这次印度洋海啸是由海底地震引发的。由于地震，海底急剧地上升或下降，还出现了裂缝，海底至海面的海水随之就产生了颠簸。“犹同往水池中扔下一块巨石，只不过这石头是从水底下抛上来的”，由此便激起“圆形波纹”，出现海啸。这是科学界比较流行的通俗解释。

依“板块构造说”理论，这场大海啸，是因为地壳构造板块之间的漂移、挤压引发的。“在长 750 公里、宽 300 英里的‘潜没区’，印度洋澳大利亚板块挤到菲律宾板块下面。这种地质运动是痉挛性的，因为压在下面的板块总想把上面的板块拉下去。随着压力增强，上面的板块反弹回原来的位置。昨天（12 月 26 日）的地壳运动发生在海床下面六英里深处，移动了 16. 5 码，这么大的距离已经足以造成灾难了。”（2004 年 12 月 29 日《参考消息》）

“自然界的意外是不可避免的。”这句出自以希腊神话大地女神盖亚名字命名的地学“盖亚理论”的话，真如一句谶语。

4

这场大海啸，本来是可以事先预警的。美国专家韦弗利·帕森指出：“大多数遇难者都可以被挽救，如果印度洋沿岸国家有海啸预警机制或潮汐检测系统。”而且，倘若美国人测得的相关信息能顺畅地及时地抵达，大多数人都能来得及在地震后陆续逃生。震中在海底，波动抵达海岸还需要 20 分钟至 2 个小时。

大自然是环环相扣的精密系统，丧失什么都会造成残缺，都很危险。

倘若海边的红树林数十年来不遭受连续的砍伐，生长红树林的地盘不变成养虾池，珊瑚礁不被大量地开采破坏，假如这些天然屏障还在，海啸就会相继受到珊瑚礁和红树林的抵挡，速度变慢，能量减弱，无法长驱直入，就不可能如此凶猛。

倘若人类不在沿海筑那么多的度假别墅，不燃烧那么多的矿物燃料致使吸热气体增多，温室效应增大，气温上升，促进极地冰雪消融，使海平面明显上升，海岸线就不至于被侵蚀得百孔千疮……

何必忌讳呢，工业革命以来，我们人类的思维和手段，多是“攻击型”的，披荆斩棘，所有举措矛头皆指向大自然，指向他人，掐指算算，有多少作为乃“和善型”的？又有多少作为是忌讳后果的？

悲剧已难以挽回，任谁也无力挽回。但是，对于人类，这场灾变是否唤起了我们早已逐渐泯灭了的对自然的敬畏呢？

5

身为自然一部分的人类，不过是大自然脱了尾巴的孩子。对人类而言，大自然不但有母性的一面，也有父性的一面。

温柔、包容与无私施与是大自然的母性面孔。这种母性态委实就是大自然的均衡态。

父性则是大自然的威严，大自然的金刚怒目。父性态是大自然的失衡态或非正常态，是刚性态，是能量如火山爆发的状态，是大自然的“不平则鸣”状态，是大自然的怒气冲天与角力搏击。

大自然最能让人刻骨铭心的状态，往往是父性态。

长期以来，人类只知一味地享受、索取乃至掠夺，也由于大自然母性的一面总在前台无私施与；久而久之，人类就逐渐淡忘了大自然还蛰伏着父性一面。

毫无疑义，在人类眼里，只有母性的大自然，才是正常的、可亲的；至于父性，则是异常的、暴戾的。然而，这却只是作为自然之子的人类的主观看法，对自然而言，并不存在什么父性、母性，存在的只是自然本身物质、能量的自在运转和自主调整。

作为物质和能量构成的苍茫庞大系统，大自然从来就没有停止过自发调整。雨雪霏霏，秋风落叶，是大自然温和的调整；火山爆发，海啸激荡，则是大自然狂暴的调整；至于沧海桑田的变迁，乃至地球史上几乎可以毁灭70%左右物种的数次全球性冰川期，则是大自然的狂怒式调整了。神秘的黑洞和白洞，对宇宙物质和能量的调整，其影响有多巨大就更难想象了。大自然每做一次调整，就是一次自我修复，就是旧的平衡被打破，新的平衡在孕育的过程。大自然展示母性也好，父性也罢，看似偶然，实则必然，都是出于实现物质、能量均衡的需要。父性的等级越高，爆发得越频繁，表明大自然所要调整而发泄的能量越大！

值得说明的是，大自然的父性和母性，在人类出现前展现过；人类倘若消亡了，也会依然故我。人类不过是茫茫大宇宙里的小小蜉蝣，不过是大自然脱了尾巴的孩子。而迄今为止人类对大自然的影响，也主要还局限在地球的生物圈内，并且这些影响，在大自然的自主调整下，非常轻易地就会“大雪无痕”。所谓“人定胜天”，如果摈除其中人类自励的成分，剩余的不过是螳臂当车的狂妄。而且，父性给人类带来的灾难，对于大自然来说，统统都不可能是什么灾难。翻遍大自然的词典，你根本找不出“灾难”这个词语！

不必忌讳，即便大自然在表现狂怒父性时，也一样是至美的！不必说这场大海啸是人类的肉眼难窥的大自然的能量的一次神秘、酣畅的释放，单那横冲而至如奔腾万马的海水，轰轰然，巍巍然，浪潮壁立高逾十米，随即訇然立扑，阔水狂冲，浪花四溅；须臾之间，大水又节节退却，匍匐下流，复归原状……倘若没有生灵死伤，没有屋舍坍塌，倘若印度洋沿岸没有人烟，这一场大海啸该是何等雄伟、壮美啊！地球46亿年的历史，沧海桑田，浩大无极的地质运动，噫嘘，大美哉！

6

这场大海啸，可以说就是让全人类恐惧地重新领教了大自然的父性，惨痛地复习了本该亘有的对大自然的敬畏。这可是一次代价惨重的复习啊！说起来，或许有悖情感，或许还有违理性，但是，我还是情愿认同这场大海啸是大自然在新世纪给作为自己孩子的人类的一份沉重且沉痛的“厚礼”，是大自然对人类尤其是工业革命以来所有大不敬行为的回应，是一次拍案而起的“反击”……人类不是搞过那么多而且还一直要搞核试验吗？不是有过那么多“惊天动地”的大作为吗？即便不产生“蝴蝶效应”，对地球的物质和能量交换，就不会产生任何影响吗？惩罚，不已经在进行吗？

7

在这个世界上，没有任何事情会空穴来风。

并不是任何文化都提倡人类对自然的敬畏。在《圣经·创世纪》里，神按自己的形象造出了人，并让人全面管理鱼、鸟、牲畜以及地上的一切昆虫，还将遍地结种子的菜蔬，和一切树上结有核的果子，统统赐给人类做食物。这无疑已等于在教义上高高确立：人类是大自然的天然主宰！

在远古的东方，并没有《圣经》那类确立人类是大自然天然主宰的文化经典。而《道德经》却云：“人法地，地法天，天法道，道法自然。”似乎大自然，是具有至高无上地位的，教人敬畏。而事实上，在当时，人们对自然的敬畏，在本质上，还是对臆想的自然神的敬畏，甚至这种敬畏，还上升到了宗教层面。佛教不是视众生如父母吗？报恩唯恐来不及，不杀生物，甚至不踏生草。而主张“山川草木悉皆成佛”的日本佛教，相信万物有灵的日本神道，更是使上古的日本人，对自然不但敬畏，而且崇拜有加。若深入地看，人对自然的这种敬畏，完全是源于自然的神秘，源于对自然的畏惧，是由于人类认识自然的能力尚弱、生产力落后、科技式微而产生的，在我看来，这是一种“旧敬畏”。

随着西学凸显，人类手中有了科技的望远镜和显微镜，在地球——大自然的一隅，云遮雾障已不再神奇，电母雷公也不再神秘……大自然的神秘感，就似日出后的雾霭，在不断淡化，在不断丧失，人类对大自然的敬畏，也随之不断消失。

倘若无法建立对大自然的“新敬畏”，我们人类，又将如何防范大自然的父性伤害或者惩罚呢？

我向往中的人类对自然的新敬畏，是一种复合型的敬畏，是人类对自然之“灵”——自然万物的科学本质和规律，对沧桑正道，不但能尊重，而且能顺应的敬畏；是能通过预警机制，自觉避让自然父性殃害的敬畏；是将技术的阴影扫出自然的敬畏；是不但不再将人类视为自然的“主宰”，而且建立对自然的感恩之心的敬畏；是使当前日薄西山的人与自然的关系能日益走向和谐的敬畏；是理应上升到宗教层面的敬畏……

8

人类终究不会也无法将自己永远禁锢在地球生物圈，人类早就在仰望星空，夙怀挣脱地球、飞入遥远太空、称霸更大空间的抱负。

实际上，当人类一步步冲向太空、奔入辽远，当一颗颗悬浮于虚空中的星球在飞船舷窗外逐渐退隐时，当人类深入浩渺无极的静寂、神秘和苍茫时，在这四顾无声息的所在，孤独得甚至可能将有些恐慌的人类，还能不弥生强烈的敬畏吗？

是的，面对眼前陌生、幽深、神秘和空茫的宇宙，人类反倒会像刚爬上井台的井底之蛙，回首四顾，马上会惶然惊觉自己的渺小、宇宙的神秘，对自然的新敬畏不但与时俱增，即便旧敬畏也会重新萌发。

在未来的日子，在太空时代，对大自然的新、旧敬畏，必将成为人类社会这部喘息如牛的沉重列车脱离不得的双轨！

9

人类在大自然中的地位以及在大自然中的所作所为，确实都需要重新评判，重新定位。

看看这“人与自然”的说法，就有问题：这不是将“人”与“自然”平等并列了吗？这已是十足的人类中心主义的表现，成了人类狂妄自大本性的彻底暴露。渺小的“人类”怎能与无限的“自然”并肩，即便在地球生物圈，又在什么时候出现过比肩、并列乃至平等呢？

印度洋海啸才逾三个月，人们还没有完全从伤痛中恢复过来，2005 年 3 月 28 日午夜，在印尼又发生了里氏 8.5 级的强烈地震。有了前车之鉴，这一次，人类的预警能力似乎有所提高。地震过后没多久，美国和日本马上就将海啸警报传达到了印尼、印度等国家。然而，在这一次，却根本就没有发生什么海啸。国际海啸预警中心负责人查尔斯·麦克里说：“我们认为会有大海啸的地震最后却没有发生什么事，我们认为影响不大的地震却发生了惊人的海啸，这对海啸预警提出了挑战。”

大自然父性的庐山真面目云遮雾障，甚难被人类彻底认清，自然规律更是无法百分之百被人类认识——在大自然面前，人类再别奢望与大自然平等、并列，更遑论做什么主宰了！

10

人类在大自然中的位置能否逐步得到调整，是否能逐步摆正，衡量标准只有一个，这就是：看一看这天幕下的全人类，对大自然的敬畏，尤其是新敬畏，能否日益得到强化。

我们这个星球，曾有过“寒武纪”“侏罗纪”“白垩纪”……今天，来自科学界的最新判断是：地球已经在进入一个新的“发展”时期——“人类纪”！

“人类纪”意味着什么？

意味着人类更难以正视自己在自然中的位置，意味着不自量力的征服欲，意味着人类单边主义……

大海啸已经在风中消逝，皓月依然从海上升起。在海边，年复一年，总会有人默默献上寄托哀思的鲜花、点亮明明灭灭的青灯。但是，时光无情，用不了多久，这场大海殇就会淡化成一个“印度洋海啸”的名词，干燥成一个没有血温的符号。而使人还有些慰藉的是，在那场大劫难中，人类尚能够暂时从相互攻讦中分神若干，彼此携手，同舟共济……

然而，作为自然之子的我们，已无法不越来越沉重地正视这些问题：该如何才能寻得人类逐渐淡忘的本来身份，如何才能觅得脚前的灯、路上的光？在大自然中，该怎样才算生活而不只是活着……

这注定是个充满艰辛而又总似曙光在前的旅程。